ROMANCE DA ONÇA MALESTROSA

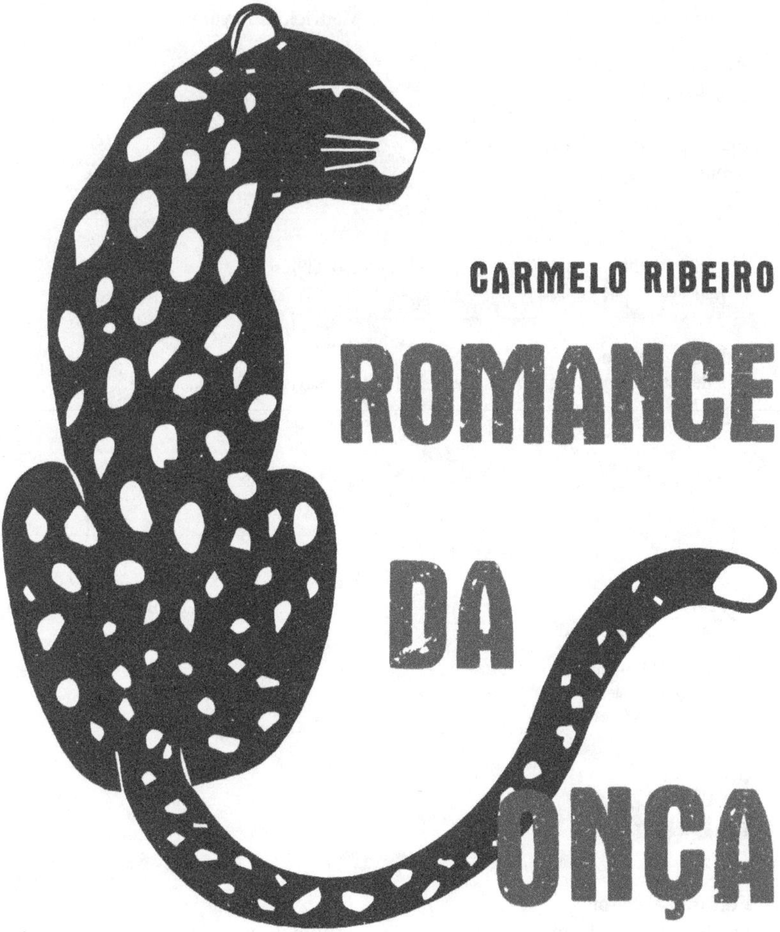

CARMELO RIBEIRO

ROMANCE DA ONÇA MALESTROSA

Copyright © 2022 de Carmelo Ribeiro
Todos os direitos desta edição reservados à Editora Labrador.

Coordenação editorial
Pamela Oliveira

Preparação de texto
Maurício Katayama

Assistência editorial
Leticia Oliveira

Revisão
Laila Guilherme

Projeto gráfico, diagramação e capa
Amanda Chagas

Dados Internacionais de Catalogação na Publicação (CIP)
Angelica Ilacqua — CRB-8/7057

Ribeiro, Carmelo
  Romance da onça malestrosa / Carmelo Ribeiro. -- São Paulo : Labrador, 2022.
  176 p.

ISBN 978-65-5625-271-1

1.   Ficção brasileira I. Título

22-4948   CDD B869.3

Índice para catálogo sistemático:
1. Ficção brasileira

Editora Labrador
Diretor editorial: Daniel Pinsky
Rua Dr. José Elias, 520 — Alto da Lapa
São Paulo/SP — 05083-030
Telefone: +55 (11) 3641-7446
contato@editoralabrador.com.br
www.editoralabrador.com.br
facebook.com/editoralabrador
instagram.com/editoralabrador

A reprodução de qualquer parte desta obra é ilegal e configura uma apropriação indevida dos direitos intelectuais e patrimoniais do autor. A editora não é responsável pelo conteúdo deste livro. Esta é uma obra de ficção. Qualquer semelhança com nomes, pessoas, fatos ou situações da vida real será mera coincidência.

Para Hellen, a de incomparável beleza.

Menina, minha menina,
Me escuta qu'eu te carrego,
Ai, me bota dentro do seio
Ai, qu'eu sou maneiro e não peso.

(De uma peça de mamulengos)

Sumário

Parte 1
A GUERRA DE MARIA MEDONHA
[11]

Parte 2
ENTREMEZ DA SILIBRINA
[135]

Parte 3
PERGUNTE A TIOTÕE
[145]

A guerra de Maria Medonha

[1]

— Confiar em casca de jaca. Em conversa de camumbembe. Sei não, meu pai eterno, nem que eu fosse menino maluvido. Quem já ouviu falar de Ribeira da Brígida? Eu não ouvi. E sobe serra e desce serra e vara mata e tropeça em cima de lajedo e nada. Quem manda dá ouvido a doido? O resultado é esse. É esse, meu capitão-major. É esse. Eu devia era ter ficado em casa. Infeliz de quem põe os pés na rua. Estava agora em minha rede, ouvindo o jique-jique do canavial, bebendo água de pote e pensando em Mariazinha. Mas não, quis ver o mundo. O homem é doido. O homem é doido. Me diga se não é? Doido. Mas eu fui dar ouvido e não tive um amigo pra dizer que não.

Enercino o olhou de tal forma que Joaquim João ficou um tantinho escabreado, porém prosseguiu.

— É castigo, só pode ser castigo. Essa Cecília.

— Constança.

— Essa Constança se muito tiver é dois engenhos: Canto Escuro e Boca da Mata. Não tem mais nada não. Constança, Cecília, Maribela, Maria Flor, Xanduzinha, Lara. Repare bem, chega dá água na boca. Tudo nome de princesa. Vai ver a melhorzinha não passa de bacalhau de porta de bodega. E eu dando ouvido a querrenca, a mandioqueiro, a trupezupe. Sei não. Sei não. Sei não. É chão e nós aqui no ora veja. Há dias que não vejo gente. Que não ponho olho em cristão e calabrote em cara de sapo. Estou fulo da vida, mas tão fulo... Que se pego essa onça escangalho é com as mãos. Esqueço o Comblain. Sou muito homem pra isso. Homem até demais. Ora se sou.

Parou para tomar fôlego e continuou a latomia:

— Tem graça isso? Tem graça. Eu, quase um lorde, curtindo fome. Comendo preá. Eu, filho de meu pai, sobrinho de meu tio e genro de meu futuro sogro, comendo calango? Vai ver esse caminho é o do reino do Vai mas não torna. Vai ver a gente de repente cai é nas caldeiras de Pedro Botelho. Não duvido nada. Vai ver o camumbembe é Capa-Verde.

Enercino, Enercino, bora voltar enquanto é tempo.

Enercino o olhou enfurecido.

— Não que eu tenha medo. Tenho medo não. Não sei o que é isso. Esse bicho medo é o quê? É bicho mesmo? É um pé de pau? Uma doença feia? Mas olha as condições de Zé Américo. Ô bichão, campolina baiano, e agora parece o bagaço que a porca chupou. Coitadinho. É até judiação continuar. Mas medo eu não tenho. Quer ir? Então eu vou. Desde que meu pai me deu dinheiro pra comprar bolo eu faço o que quero; Deus permitindo e o diabo não atrapalhando, faço o que quero. Tenho medo de nada não e digo mais... Não pise nos meu calos. Sou ruim. Sou perverso. Sou madeira que cupim não rói. Comigo não tem ai meu Deus, ai minha Nossa Senhora, não. Quer dizer, pediu por Nossa Senhora eu transijo.

Respirou fundo.

— Ô meio de mundo bonito esse. Olha pra isso? É pedra. É mata. É céu. Deus é mesmo arretado. E fez isso tudo em sete dias. Em sete, não. Em seis, que no sétimo dormiu como os anjos do céu aleluia, amém. A cama dele é o carreiro de São Tiago.

Olhou de esguelha pra Enercino e disse:

— Fale alguma coisa ou eu começo a conversar com Zé Américo, com Bangalafumenga. Gaste um tantinho de latim que o governo não cobra imposto, não. E tem governo?

Julgado do Vento. Ribeira da Brígida. Julgado do Vento. Vila da Cruz da Moça Enganada. Julgado do Vento. Tudo conversa bonita. Governo não chega aqui, não. Governo não passa de Olho-d'Água dos Bredos. Pior, governo só chega onde chega a maresia e o cheiro de garapa dos engenhos, que é a mesma distância.

— É tão bonito que chega dá uma gastura.

— Gastura não dá, mas é bonito como o mar a qualquer hora e parece que não acaba nunca. Repara essas pedras. Tão aí desde que o mundo é mundo. E esse sol ensanguentado se derramando no céu como canela em arroz-doce é formoso que é medonho.

Os dois quedaram-se embevecidos, olhando o dia morrer em uma agonia bonita de quem vê Deus, até que enxergaram uma sombra pequenina, lá longe, que depois foi se aproximando, se aproximando, bem devagar, e quando passou por eles tomou forma de uma mulher nua montada em um burrico cinzento.

A mulher era bela até a última letra do alfabeto e montava como homem, e como homens os amigos olharam e até os cavalos se embeveceram ao vê-la passar, sem que a dama parecesse ter notado.

Criatura displicente, a despudorada exibia ao mundo olhos agateados, seios atrevidos, coxas de pousar gostoso e, por trás, duas covinhas um pouquinho abaixo de onde a cintura é mais delgada.

Quando ela já desaparecia no horizonte, Joaquim João se persignou e disse:

— Viu aquilo?

— Vi.

— O que era?

— Uma mulher nua montada em um burrico.

— E, que mal lhe pergunte, isso é normal agora, é?

— Só se for por aqui.
— Pode ser uma aparição. Coisa do que o diga.
— Não sei. Não pareceu aparição coisa nenhuma e deu foi gosto de ver.
— Eu fiquei de cabelo em pé.
— Eu fiquei com outra coisa.
— Homem, Deus castiga.

E, depois do breve colóquio, os dois não partiram já, assim de imediato, só seguiram depois de algum tempo, em que tentaram guardar a figura da sem-pudores no mealheiro sem tranca, sem tramela e sem parança.

[II]

Noite alta, mas ainda não madrugada, chegaram em um pouso de vaqueiros, cavalarianos, boiadeiros e tangerinos.

O lugar era grande, mas, àquela hora, abrigava apenas um velho mirrado, sentado em um tamborete.

O velho atiçava uma fogueira.

Antes de descavalgarem, Joaquim João tirou o chapéu e foi dizendo:

— Meu pai Adão, se não lhe ofende, onde é que estamos?

O velho os olhou de baixo pra cima e de cima abaixo e não se impressionou nem um pouco, cuspiu um resto de fumo e falou:

— Onde estamos?
— Pois é, onde estamos?
— Na Ribeira da Brígida, na vila da Cruz. Não me diga que vieram matar a onça?
— Por quê? Não tem onça? Eu bem que desconfiava.
— Tem, ô se tem, mas ela só ataca de noite. É de noite que os valentes saem pra dar cabo dela, por isso não tem mais ninguém aqui, agora.

— Mas existe onça? — insistiu Joaquim João.
— Existe uma alimária, uma besta-fera que já matou três-vez-trinta.

Os dois ficaram olhando o velho, admirados. O velho se irritou:

— Eu sou cutrovia, sô? Pra ficarem pondo reparo em mim, e ainda de boca arreganhada.

— Pai Adão!

— Já disse e repeti que existe onça. Mas a riqueza e os valentes vão se acabando. O único tesouro dessa ribeira são as filhas do Coronel Paulino...

Permaneceu um tempo comprido em silêncio.

Depois se irritou por algum motivo lá dele e falou ríspido:

— Descavalguem de uma vez. Se arranchem. Não falta nem água, nem comida; nem pros cavalos, nem pros donos dos cavalos. Mas só enquanto há dia, que valente prova que é valente caçando o bicho de noite. Hoje vou fazer diferente. Não vão se acostumar.

Os homens descavalgaram.

Apesar de tudo, Joaquim João ainda quis ser gentil.

— Qual é a sua graça, pai Adão?

— Minha desgraça é Alírio, um dia alguém lhe conta a história.

E continuou:

— As redes de acolá estão vazias, mas antes comam, há aí na panela uns sobejos de talambica, depois se arranchem e, pelo amor de Jesus, não me aborreçam.

[III]

Os amigos comeram e não dormiram logo, só pegaram no sono quando a cruviana soprou, por isso não ouviram os valentes chegar.

Os primeiros que retornaram apenas deitaram e já adormeceram.

Houve os que não voltaram, comidos pela onça ou fugidos.

E houve aqueles que se esconderam até que passasse a vexatória tremedeira de quem viu o colosso.

Mas um dos valentes, de apodo Canino, quis incomodar os recém-chegados.

Mediu o calibre dos homens e percebeu que Enercino era mais miúdo e mais escuro, por isso se aproximou do ouvido dele e, arremedando um gato, fez:

— Miaaaauuuu.

Enercino pulou da rede e logo, de faca em punho, atacou e por um triz não sangrou Mané Engraçado.

Mas os cabras puseram gosto ruim.

Brabeza demais pra quem mal tinha chegado.

Amarraram os dois e debicaram:

— Essa noite a onça vai passar bem.

Estavam nisso, quando chegou Severino Come-Facas, que não gostava de trelas, e só disse duas palavras:

— Soltem eles.

Não houve réplicas.

Soltaram os dois sem demora.

Joaquim João, sorridente, quis agradecer, mas Come-Facas falou:

— Não gosto de macho arreganhando os dentes pra mim, não.

Enercino permaneceu calado, e por conta do incidente ninguém dirigiu a palavra aos dois bisonhos, mas falavam da fera no propósito de assustá-los e demovê-los de tentar caçá-la.

Caso eles voltassem ao pouso na manhã seguinte...

Seria diferente.

[IV]

Os dois partiram depois que os primeiros valentes deixaram o pouso.

Seguiram em direção à mata da Trança, embora não soubessem.

Não sabiam de nada e temiam a própria sombra.

A luz da lua se alastrava pelo carrascal, se deitava por cima das pedras e tornava tudo cinzento, mas um cinzento alumioso, que deixava vestido pra festa de boda até os pés de pau que secavam.

O mundo era grande e de uma beleza sem preceito.

Joaquim João e Enercino seguiam calados, atentos a qualquer coisa.

Montavam porque ali era mais sertão mimoso que caatinga braba de facheiro, macambira e faveleira.

Conversa, montavam porque os primeiros partiram a cavalo.

Porém os dois logo refletiram, quase ao mesmo tempo, que não se caça onça montado.

Mal sabiam eles que era a onça quem caçava.

Chegaram em frente à mata da Trança e detiveram os animais.

Ficaram um instantinho a ponderar se descavalgavam para tocaiar a onça na mata ou davam a volta e subiam um lajedo que a lua lambia, até que viram vindo da mata um enxame de moscas de fogo, que dançavam espantando o escuro e talvez por isso não perceberam com o juízo.

O corpo soube primeiro.

Mas não houve tempo pra nada.

Enercino sentiu como um coice no peito, Joaquim João caiu do cavalo e o mundo escureceu para os dois e ficou escuro pelo tempo que a folha não marca, até que, primeiro

Joaquim João e depois Enercino, deram acordo de si na casa de vivenda do Coronel Paulino.

Porém, quando ocorreu o ataque, foi Come-Facas que, alertado pelo esturro da besta — ele estava de tocaia no lajedo do Cavalo Branco —, os acudiu. Avizinhou-se temendo o pior, olhou os amigos que a onça não matou porque não quis e, antes de socorrê-los, sorriu e disse:

— Devem trazer pena de pinica-pau escondida na roupa, senão Caetana tinha arrastado consigo.

E, com a assistência da matula que comandava, sem demora levou os sobreviventes para a fazenda Boa Noite, do Coronel Paulino da Pedra.

Lá os feridos foram tratados por Dona Januária, viúva do Coronel Vituriano, e por Cosma, matrona enviada por Sá Jérica, a pedido do coronel, para cuidar das meninas, uma vez que com a onça rondando a criadagem tomou destino.

E, como o mundo estava pelo avesso, até as moças, filhas do coronel, ajudaram; sobretudo para a recuperação do moço bonito e menos machucado, que atendia pelo nome de Joaquim João.

Joaquim João foi o primeiro a ver o mundo outra vez; acordou com um estampido.

Aconteceu desse jeito: manhãzinha, Coronel Paulino dormitava no copiá, na cadeira de balanço, enquanto Pedro Celestino, sentado ao lado dele, chupava pitomba, e foi quando principiou o acinte. Belarmino Bicho do Cão, acompanhado da cabroeira, veio se aproximando com estardalhaço: patacum, patacum, patacum, até se postar diante do alpendre e de costas para a pedra grande — que enfeitava a fazenda Boa Noite e mudou o sobrenome do coronel —, coçou o pau da venta, era um sestro que tinha, e depois, exibindo as presas afiadas em acume e os dentes de ouro faiscando, falou:

— Vim levar Constança, coronel, não fico aqui mais não.

— E a onça? Cadê a onça? O combinado foi me trazer a onça pra mode levar a moça embora.

— A moça pela onça. A onça pela moça — disse Pedro Celestino, mostrando dentes alvos como leite de coco, porém o desordeiro não se fez de rogado.

— No entretanto eu vou levar a moça sem entregar a onça. O bichão já devorou dois de meus rapazes e saiu foi palitando os dentes.

— Trato é trato — replicou o coronel.

Belarmino Bicho do Cão gargalhou e pulou do cavalo como se fosse dono do mundo, mas antes que chegasse ao copiá levou um balaço tão grande que perdeu o tampo do quengo, que voou longe.

A bala saiu por algum buraco da pedra.

E, antes que os três homens que o acompanhavam pudessem fazer alguma coisa, o chupador de pitomba matava mais um e nova bala vinda da pedra acertava o terceiro.

O quarto gritou:

— Não me mate, coronel!

E levou um tiro nos peitos, disparado por Pedro Celestino, com certa displicência.

Paulino da Pedra gritou pra sala:

— Não quero ninguém aqui fora!

E para a pedra:

— Elesbão, Zacarias, vem mais alguém?

— Mais ninguém, coronel.

E o coronel logo mandou Elesbão chamar os parentes do sítio de Pedro Papacaça para ajudar a limpar a sujeira.

Em troca do quê, ficariam com as armas.

E, ainda indignado, disse ao serviçal, que nesse instante voltava a chupar pitomba:

— Esses cadelos estão cada dia mais abusados.

— Desses o cão é quem cuida, coronel.

No terceiro tiro foi que Joaquim João acordou. Já Enercino teve sorte melhor, embora tenha ficado mais pra lá do que pra cá, a ponto de Dona Januária desistir dele e Cosma perder a fé de que o moço pudesse sobreviver, ainda que continuasse cuidando do moribundo.

Até mesmo Joaquim João, que fora transferido da casa de vivenda para a de um morador, parecia ir se conformando, ainda que todo dia visitasse, cai não cai, o amigo; para, pouco tempo depois, deixar o quarto do doente com os olhos cinza, que tanto agradaram as filhas do coronel, marejados.

Só quem não desistiu dele foi mesmo Maria Flor, a caçula do Coronel Paulino, mocinha de catorze anos que, quase sempre sob os olhares de Cosma, brincava de boneca com Enercino, que fazia de príncipe, talvez por isso teve a delicadeza de o dessedentar, mais de uma vez, utilizando um chumaço de algodão embebido em água, que esfregava nos lábios bonitos do homem que agonizava.

Este, talvez pelo esforço desesperado dela, ou pelas ave-marias que a moça rezava compungida, no oratório de Santa Bárbara, foi se reanimando como se ressuscitasse, embora devagar, como pé de planta de crescer demorado, o que a deixava impaciente, todavia na maior das felicidades; porém Enercino não abria os olhos, mesmo quando passou a engolir o mingau de araruta que a moça cozinhava.

Por conta disso, uma tarde em que Cosma não estava por perto, ela passou o dorso da mãozinha delicada pela barba do homem adormecido, depois a palma e, quando acarinhava o pomo de adão do doente, Enercino agarrou a mão dela com a mão direita.

Ela assustou-se.

Ele abriu os olhos e sorriu, mais com os olhos do que com a boca; depois soltou a mão dela e desde aquele dia dormiu sem aperreio, sossegado como criança de berço.

Não demorou a se recuperar, mas não viu mais a moça, porque Cosma não comia pão à toa.

[V]

Quando Enercino pôde andar foi levado até a casa do morador fugido, em que já se albergava Joaquim João, e quando os dois melhoraram uma coisinha, marchavam todo fim de tarde, brechados pelas moças, até a casa de farinha, onde os homens, com exceção do coronel, se reuniam para pilheriar. Alguns também comiam milho assado, outros bebiam cachaça. Isso até chegar a hora da onça sair, quando se recolhiam para repousar ou seguiam para algum posto de atalaia.

Mas ainda demorou muito até que eles pudessem montar outra vez e partir atrás da carniceira.

Consequentemente, depois que se puseram de pé de novo, viviam comendo, dormindo, jogando conversa fora, vendo o tempo correr e vivendo aquela vida besta.

A primeira felicidade genuína que tiveram depois da melhora foi quando Elesbão teve a gentileza de levar os cavalos até a porta da casa onde eles recobravam a saúde.

Como não podia ser de outro jeito, os cavalos os reconheceram.

Zé Américo, campolina baio e baiano, cavalo de Joaquim João, assim como o dono, era muito exibido, escarvou a terra e arreganhou os beiços quando deu fé do patrão. Já Bangalafumenga, alfaraz azulego, apenas se deixou abraçar por Enercino, como se fosse gente de muito querer.

Pedro Celestino, que observava a cena, perguntou:

— Eu nunca vi cavalinho bonito igual a este. De onde é?

— De Carinhanha — respondeu Enercino.

O lugar-tenente do coronel sorriu admirado, alisou Bangalafumenga e só depois continuou a conversa:

— E onde diabo fica isso?

— No rio de São Francisco, perto das minas.

— Eu conheço o rião, mas só do cotovelo pra baixo, conheço mais mesmo é sertão. Houve tempo em que eu trazia boiada da vila da Mocha e levava até Guarita.

"Quando os bichos começavam a subir a Borborema parece que adivinhavam o destino, escarvavam a terra, olhavam pra trás e era aquele berreiro. Aquela prantina.

"Por isso tenho pra mim que bicho é quase gente."

— Pelo menos bicho grande é. Cachorro, cavalo e boi.

— E onça. Onça é malvada, perversa, tirana, é parente do canho.

— Essa que anda por aqui é onça mesmo ou é bicho encantado?

— Ninguém sabe, mas finado Coronel Vituriano Galvão e Nuno Vituriano, filho dele, sangraram a bicha. Ela passou mais de mês sem aparecer, mas matou os dois, bicha assassina.

— Sangrou como?

— Com chuço. Mas a família acabou. Ele morreu e o filho morreu... Ainda foi arrastado pra aqui, pra Boa Noite, pelos homens de Diolindo Carneiro, que inda não tinha fugido... Chegou vivo, acalorado, mas morreu logo. Sobrou Dona Januária, que se vestisse calça saía pra matar a onça.

Depois Pedro Celestino ficou em silêncio, olhando o tempo, e, quando falou, disse:

— Acredita que Nuno foi carregado tinto de sangue e manchado de verde?

E, como Joaquim João tinha permanecido tempo demais calado, indagou:

— Verde?

— Verde. E nas pedras onde eles foram encontrados, no lajedo do Cavalo Branco, havia mais verde que vermelho.

Enercino entendeu e perguntou:

— A bicha tem sangue verde?

— É o que parece, e o sangue cheira a mulher. A soro de mulher.

— Entonces deve ser mesmo bicho encantado — disse Joaquim João, em meio a um sorriso desconfiado.

— Não brinque não, que ela já desmoralizou muito valente. E aqui na Ribeira da Brígida acontece de tudo.

— Já aconteceu o quê?

— De tudo, mas se eu contar assim de uma vez, por mais que me queiram bem, não vão acreditar.

— As boas-vindas a gente já teve — falou Enercino.

— Pois é, essa ribeira é terra do nunca se vê.

— Por que Ribeira da Brígida? Quem é Brígida? — perguntou Joaquim João.

Pedro Celestino, como o homem dos sete segredos, riu e respondeu, dando a conversa por encerrada:

— Um dia eu conto.

Mas não contou.

[VI]

Meio-dia; eles estavam conversando miolo de pote com Elesbão, diante da casa em que dormiam, quando viram descavalgar um homenzinho espigado, risonho, de olhos bem azuis e passo miúdo, armado até os dentes, que caminhou até eles, como se tivesse vindo conhecê-los.

Elesbão falou:

— Esse aí é Pei-Bufo, valente que a onça desmoralizou e agora é leva e traz de todo mundo. É sujeito conversador.

O homem se aproximou sorridente e disse:

— Esse estrupício já contou meus predicados, não foi? Mas não mentiu, foi assim mesmo. Já fui valente. Eu fui. O nome que ganhei no mundo, que o de pia é Ricardo, não foi à toa não, matei mais de sessenta.

— Oxe, pensei que passasse dos cem — pilheriou Elesbão.

— É que esses sessenta foram na bala, mas teve os de faca também. No entretanto, como eu ia dizendo, depois eu me amofinei.

— E como foi isso? — perguntou Joaquim João.

— Dizem que foi a onça, mas foi a onça não. Quando eu topei com a bicha já tinha amofinado.

Calou-se por tempo demais e continuou com ar sério:

— Só conto se ninguém rir, que não suporto deboche. Ou pelo menos rir pouco.

Todos concordaram.

Até Enercino, mais calado que um coco catolé, curioso, assentiu com a cabeça.

— Foi assim, eu vivia por essas serras, por esses lajedos, à cata da furna da onça, ia pegar ela a unha; vivia dando pinote, pulava de pedra em pedra e, como de quando em vez magoava a emenda da coxa com o resto do corpo, levava sempre comigo sebo de carneiro, num cornimboque.

Um dia, tardezinha, me preparava pra voltar pro pouso quando senti aquela dor lascada. Abaixei as calças ali mesmo e passei o sebo, depois deitei, de costas pro lajedo em riba de onde senti a dor e fiquei de papo pro ar, na posição de mulher dadivosa ou que vai parir e, como estava há muito tempo sem mulher, ainda não tinha ciência de Maria Cigana e Maria Judia, meu calabrote, por ele mesmo resolveu se levantar, dar um bom-dia ao mundo, um boa-tarde à natureza; e não é que um diabinho, de nome Cuscuz, me viu ali, e só viu porque tava de serviço, olhando o mundo de uma pedra mais alta, caçando fazer maldade...

Joaquim João e Enercino se entreolharam incrédulos e Elesbão abafou o riso. Pei-Bufo, depois de tomar fôlego, continuou:

— Viu e achou que eu tava em pecado, tocando safira, e resolveu me matar, no ato, porque assim arrastava minha alma pro inferno de Pedro Mãozinha. Aí foi e pulou de onde tava trepado, com toda a força, no meu bucho; mas não prestou não, visse.

Elesbão se afastou, sorrindo.

— Cala a boca, peste. Eu contando a sério quase ninguém acredita, imagine com alguém rindo perto.

— Continue— disse Enercino, falando pela primeira vez.

Pei-Bufo não gostou daquele tom impositivo, mas mesmo assim prosseguiu:

— Ele pulou no meu bucho, gritando: "Ricardo, Ricardo!", mas escorregou por que eu tava lambuzado de banha e teve o azar de encaixar o cu no meu pau. Aí foi que gritou mesmo, ficou gritando: "Solta Ricardo, solta!". Mas eu não soltei. Deixava ele se erguer uma coisinha e empurrava de volta, até me satisfazer.

"Aí soltei ele, que voltou pro inferno com o cu ardido, pra se queixar ao pai.

"Existiu com o cu ardido até um dia desses. Perdeu a prega-rainha e muita prega-princesa também, pra aprender a respeitar homem."

Joaquim João desandou a rir, e Enercino sorriu um pouco.

Pei-Bufo continuou:

— Perceberam como eu era valente, fodi o cu de Zé Canjiquinha. Tá certo que foi um diabo filhote, mas fodi.

"Depois me amofinei.

"Hoje tenho medo da letra A, vivo com sobrosso, deve ter sido o chifrudo pai de Cuscuz, que veio vingar o filho. O diabo pai chama Bufalabute ou Bufalafute; foi ele quem me amaldiçoou, foi ele, sim, pois quando eu vi a onça: escorreu pelas pernas e fedeu. Foi um papel safado que eu fiz, obrei como se tivesse comido tutano de boi, e isso na frente de Dona Criminosa.

"Fiquei desmoralizado.
"Mas é assim mesmo, vou fazer o quê?
"Pôr uma corda no pescoço? Não senhor, vou vivendo."
E, depois de um instantezinho calado, perguntou:
— Vossas Senhorias já conheceram as filhas do coronel? Já reservaram a prenda pra resgatar se conseguirem matar a danada?

E, sem esperar pela resposta, contou que o Coronel Paulino da Pedra os receberia na casa-grande, onde solenemente prometeria a mão de qualquer uma das filhas àquele que trouxesse a cabeça da onça, e encerrou a palestra dizendo:
— Ele reúne as filhas, o pretendente e faz umas perguntas. Na minha vez, quando ele perguntou assim: "E como o senhor pretende matar a onça?". Eu disse: "De pedra e bodoque, como o pequenino Davi matou o gigante Golias". Uma das meninas riu, mas o coronel só disse: "Onça tem a cabeça dura, mas isso não é da minha conta. Agora tome o seu rumo e só volte aqui com a cabeça da assassina". Aí, na mesma semana, fui enrabar Cuscuz e peguei esse sobrosso. Se não fosse isso tinha matado a onça, me casado com Constança e era rei do mundo. E foi um prazer conhecê-los.
Quando ele foi embora, Enercino sentenciou:
— Que homem doido.

[VII]

Ainda demorou muito aquela vida de gato capado que os dois viveram na fazenda Boa Noite, até que eles conseguiram montar um pouco e a cada dia chegavam mais longe, mas só conheceram mesmo a vila quando Quinzote, rapazinho espevitado, de olhos vivos, veio dizer alguma coisa a Cosma, da parte de Sá Jérica, e já ia voltar quando os dois perguntaram se ele podia guiá-los até a vila:

— É só seguir rumo do poente e atravessar o rio.

— Isso eu sei — respondeu Joaquim João e completou: — Eu quero alguém que apure as qualidade do que for encontrando.

— Oxe.

E o menino pensou que talvez eles quisessem conhecer Maria Judia e Maria Cigana. Sorriu e disse:

— O baixio dos Doidos é adiante da vila. Três casinhas somente, uma maior.

Eles insistiram e Quinzote foi perguntar a Pedro Celestino se podia levar os "esquisitos" até a vila.

Pedro Celestino deixou e os três seguiram a cavalo, a passo, bem devagar, até que Enercino começou a conversa:

— A onça atacou o sítio?

— Atacou. Matou velho Quelé só de maldade.

— Quem é Pedro Papacaça?

— O pai da gente.

E foi só. O menino fechou-se e, por mais que Joaquim João perguntasse, ele só dizia:

— Sei não.

— Pergunte a Elesbão.

— Cosma é que sabe.

Até que, muitas braças antes de atravessarem o rio, Joaquim João, já se benzendo, no que foi acompanhado por Enercino, sofreou o cavalo e perguntou:

— O que é aquilo?

— Aquilo o quê? Ah. Foi Padre Ivo, no tempo de Padre Ivo.

— Aqui já teve padre?

— Teve, sim, senhor. Padre Ivo, conta Bambaia, que eu era muito novo, diz que ele fez novena, procissão, promessa, tudo pra tanger a bicha de volta pro inferno. Pediu ajuda de Sá Jérica e tudo.

— E fez isso aí?

— Fez. Cada pessoa fez o seu ou pagou pra fazer. Ele ficou danado quando Coronel Diolindo Carneiro disse que nego não era gente e que não devia fazer. Bambaia diz que Coronel Diolindo era um cadelo e fugiu com medo.

— Quem é Bambaia?

— Minha irmã. Ela vive na casa da Pedra, desde que Dona Margarida, mulher do coronel, adoeceu. Vamo dar a volta.

O que assustou Joaquim João e Enercino não foi o tamanho da igreja, que já tinham visto de longe, e sim a floresta de espantalhos de todos os tamanhos que formavam bem dizer um arremedo de procissão paralisada, a pouca distância do rio da Brígida, que passaram a vau, até chegarem às portas do templo enorme, dedicado a Santa Bárbara.

Diante da igreja: um arremedo de praça, duas fileiras de casas aparentemente vazias e um gato dorminhoco, muito do lorde, que não dava confiança a pessoa nenhuma.

O menino perguntou, diante do olhar de admiração dos homens:

— Querem entrar?

— Hoje não.

— Fica pra outro dia.

Quinzote sorriu e pensou que os dois eram mais medrosos que moça donzela.

Enercino perguntou:

— Por que construíram a igreja tão perto do rio?

— Sei não.

— Quem construiu?

— Isso eu sei. Foi Seis Ofícios, que sabia fazer tudo, bastava pedir.

— Ele era negro?

— Era, o primeiro dono daqui não perseguiu nóis porque ele construiu a igreja. Ele sabia fazer muita coisa, mas morreu de picada de cobra, antes que a mulher dele conseguisse fazer a triaga pra mode expulsar o veneno.

Depois o menino calou-se e seguiu para os arredores do baixio dos Doidos, ou seja, onde, de meia dúzia de casas, três estavam caídas.

Os "esquisitos" o acompanharam.

Ainda distante do baixio, mas não tão distante que não pudessem enxergar bem, Enercino viu um homem desengonçado e perguntou:

— Quem é aquele?

— É Chico Chato.

Joaquim João perguntou:

— Ele é aleijado?

— Aleijado e doido, mas tem muita sabença. Faz qualquer objeto com madeira e couro e conserta arma, aprendeu com o avô, Mané Vito e com Mestre André também.

O infeliz, que andava com as pernas meio abertas e a mão esquerda à frente do corpo, como se segurasse uma bengala que não existe, entrou na maior casa do lugarejo e causou nojo a Joaquim João, que perguntou:

— E os outros?

— Só tem as cutrovia Maria Cigana e Maria Judia e João das Quengas, que se aproveita delas. As duas chegaram com uns homens que vieram matar a onça e morreram logo. Antes não havia fubana aqui, não.

Depois de passarem ao largo do baixio dos Doidos, Quinzote falou:

— Pedro disse que era pra encerrar o passeio aqui.

— Agradecido pela gentileza — disse Joaquim João, com alguma ironia na voz, e Quinzote respostou:

— Foi até bom, mas por mim eu tinha era voltado logo pro sítio.

E foi embora.

Os amigos se entreolharam, deram meia-volta, atravessaram o rio e seguiram pra fazenda.

[VIII]

Pedro Celestino preveniu o coronel que os homens não precisavam mais de cuidados.

O coronel mandou dizer que eles se preparassem para partir no domingo, ao meio-dia, mas antes, como de costume, iria apresentá-los às moças, que, daquela vez, não se aborreceram, pois já os tinham visto e sabiam que não eram nenhuma marmota como Pedrinho do Beiço Lascado e Dona Criminosa; nem eram de fazer medo como Come-Facas, Catarino Vira-Saia ou Santadeu.

Até que o domingo chegou, e o coronel recebeu os homens no copiá, quis saber de onde eram:

— Sou de Sirinhaém, coronel.

— Sou de Carinhanha.

— Perguntei por perguntar, podiam ser da Baixa da Égua Pedrês; se matarem a onça dou a mão de minha filha, qualquer uma delas. Tenho aqui comigo também Flora, Florinha, filha de meu amigo e finado Coronel Vituriano e a vontade dele era fazer o mesmo, portanto, se escolherem ela, podem levar. Tem ainda Maria Jovina, que é feia e gorda, filha do Coronel Guido e que tá lá com ele, e Ivone, que anda nua montada num burrico, mas essa é preciso domar. Agora chega de conversa comprida.

E falando pra dentro da casa:

— Ô Cosma, as menina tão pronta?

— Tão sim, coronel.

Paulino da Pedra entrou na própria casa e disse:

— Venham.

Na sala, quase inteiramente vazia de teres e haveres, sete moças bonitas fitaram os homens, encabuladas.

Não havia lugar pra ninguém sentar, pois o coronel mandava retirar os troços grandes para inquietar e constranger os pretendentes.

Joaquim João e Enercino quedaram-se embevecidos.
O coronel sorriu e disse:
— Olhem bem e escolham.
Depois falou:
— Esse menino, escolha.
Apontou pra Joaquim João, que respostou:
— Coronel, estou encantado com tanta beleza.
— Deixe de besteira e escolha.
— A dos olhos bonitos.
— Todas têm olhos bonitos.
— A dos olhos grandes.
— Larinha? Tem certeza?
— Certeza absoluta, coronel.
— E por quê?
— Não sei dizer não, mas é ela.

A mocinha olhou imediatamente pro chão, encabulada, pois nunca tinha sido escolhida. Quase sempre escolhiam Constança, que era já mulher-feita e tinha o corpo mais cheio, os cabelos mais claros, a cintura mais fina e os olhos agateados, cuja beleza era famosa tanto nos Cariris Velhos da Paraíba quanto nos Cariris Novos do Ceará.

O coronel continuou:
— Vai matar a onça como?
— Com a inteligência, coronel, vou fazer uma armadilha.
— Boa sorte. E tu?

Enercino respirou fundo, amassando o chapéu, parecia que ia falar algo decorado, depois desistiu e disse:
— Eu quero a que cuidou de mim.
— E quem foi? Que eu não sabia desses cuidados.
— A mocinha de trança.
— Maria Flor.

Maria Flor também nunca tinha sido escolhida, mas não se encabulou, olhou Enercino nos olhos e sorriu. Quis fazer uma mesura, mas fez um gesto desencontrado e mesmo assim gracioso, que o pai pôs na conta da surpresa.

O coronel repetiu:

— Maria Flor, é novidade. E por quê?

— Por que ela me dá gosto de viver.

— Eu não tô gostando disso, não. E como é que tu vai matar a onça, namorado de minha filha?

— Sei não, coronel. Mas vou matar e venho aqui casar com ela.

O coronel riu, mostrou a porta da rua e disse aos dois:

— Só voltem com a cabeça da onça.

Os homens partiram olhando pras moças, que, a um sinal do pai, se danaram pelo interior da casa, pra onde seguiu também o coronel, que gritou, mas sem zanga:

— Ô Cosma, que história é essa de...!!

Quando saíram da casa de vivenda, encontraram Pedro Celestino e Elesbão, que traziam os cavalos.

Enercino e Joaquim João estavam sorridentes e cumpriram o que mandava o estatuto; montaram e partiram para o pouso das Lágrimas.

[IX]

Até a onça atacar de novo, o assunto na fazenda Boa Noite foi um só, a crise de choro que agitou Constança por quase uma hora, em que a jovem mulher perguntou mil vezes a Bambaia, a Cosma, a Dona Januária, se tinha deixado de ser bela, se já tinha passado da hora de casar.

Ou melhor...

Aclarando com maior cuidado o ocorrido, o assunto foi a escolha "desastrada" dos amigos que escaparam da onça.

Pois também houve muito fuxico sobre a felicidade de Maria Flor, que de tão magrinha era apelidada de Maria

Alfinete; do quanto ela pôs-se a sorrir à toa e esteve ainda mais adorável do que sempre foi.

Mas do que mais se falou mesmo foi da atitude do moço bonito, que escolheu Moça Feia pra casar. Moça Feia era o apelido de Larinha, que não agradava muito a ninguém, por ter olhos muito grandes, nariz muito pequeno e boca sumida.

Porém Moça Feia só era feia em face das irmãs, que eram, de fato, bem mais formosas que ela.

Por isso as beldades Alexandrina e Cecília não se conformaram com as preferências dos moços e disseram, mais de uma vez, na presença das escolhidas, que aqueles homens eram doidos.

Flora ficou calada e Maribela, enquanto beliscava o próprio braço, disse a Maria Flor e a Lara que não fizessem caso das promessas, porque ela havia sonhado que a onça ia comer os dois e não ia deixar nem os ossos.

[X]

Joaquim João e Enercino só não podiam contar que foram ignorados quando voltaram ao pouso das Lágrimas porque Alírio, ao reconhecer os dois, disse:

— Voltaram.

E um homem alto, com cara de caneco amassado, que eles não sabiam quem era, falou, quando eles estavam sem saber o que fazer, malparados no caminho da moringa d'água:

— Me dê licença.

Por isso não falaram muito e, ao anoitecer, seguiram novamente para a mata da Trança, desta vez sem os cavalos, e por lá permaneceram até o dia amanhecer, porém não avistaram onça nenhuma.

Voltaram para dormir no pouso e logo que acordaram foram cercados por Severino Come-Facas e Dona Criminosa. Ele disse:

— Agora sei que os dois têm colhão.
— Tenho logo dois — falou Joaquim João.
Come-Facas riu e disse:
— É bom que conheçam o lugar antes de tentar caçar a bicha, que acompanhem alguém que já tenha experiência. Conversem com Dona Criminosa.
Disse isso e foi embora.
Dona Criminosa se agachou para ficar mais ou menos na altura dos homens, que estavam sentados nas redes.
Come-Facas tinha falado de baixo pra cima, mas ela falou de igual pra igual e não teve meias palavras:
— Antes que me perguntem eu respondo. Há homem e mulher e há Dona Criminosa. Há macho e há fêmea, e há Dona Criminosa. Eu não sou homem nem mulher, sou Dona Criminosa, compreenderam?
— Entendemos. Assim como há céu, inferno e purgatório.
— Ele é mudo.
— Entendi — falou Enercino.
— Outra coisa: viram por aí uma mulher nua montada em um burrico?
— Vimos.
— É bonita, não é?
— É bem bonita — respondeu Enercino.
— É minha. Vou matar a onça e casar com ela. Talvez não mate a onça, mas arrasto ela comigo.
— É uma bela noiva — ressaltou Joaquim João, cuja expressão lasciva denunciou que ele se deleitava com a lembrança das formas de Ivone.
Dona Criminosa não gostou e ia acontecer uma desinteligência quando chegou Pei-Bufo, que foi logo dizendo:
— Não se preocupe não, Dona Criminosa, já se sabe que Prinspo escolheu Moça Feia e Namorado, a caçula do Coronel Pica de Ouro.
— É assim que eu gosto.

Os homens se entreolharam confusos, e Dona Criminosa prosseguiu:

— Querem me acompanhar essa noite? Vou emboscar a onça na Cacheada.

— Queremos.

— Quero.

— Entonces está combinado.

Dona Criminosa se foi e Pei-Bufo sorriu.

Joaquim João perguntou:

— Que história é essa de Prinspo?

— Aqui quase todo mundo tem apelido, quando a história da escolha de vossas senhorias foi passando de boca em boca os dois viraram Prinspo e Namorado. Não é nome bom pra matador de onça, não.

— E Moça Feia?

— Moça Feia é o apelido de Lara, ninguém discute que é a mais feia das irmãs da pedra.

— Feia? Feia? Se ela é feia eu não sei o que é formosura. Se ela é feia a lua não tem beleza. A lua também é feia.

— Dizem que Constança chorou por não ter sido escolhida. Constança é a mais velha, a mais...

E não completou a frase porque Severino Come-Facas passou por perto e ele, prudentemente, mudou de assunto.

[XI]

Ao anoitecer Dona Criminosa foi procurá-los, acompanhada de mais dois homens: Pascácio e Boca Troncha, que não falaram quase nada a noite inteira.

Ela também não, mas avisou que deveriam ir a cavalo, pois a Cacheada era a fazenda mais distante do pouso, já perto da serra da Cruviana; portanto os quatro homens e Dona Criminosa partiram para lá sem tardança, e a lua já havia saído há muito tempo quando cruzaram o rio da Brígida e ainda assim demoraram a chegar à fazenda abandonada.

O casario da fazenda era de impressionar, assim como aquele silêncio de coisa esquecida em que, às vezes, um "rasgar" de ave agourenta dava a impressão de coisa moribunda.

Os cavalos foram amarrados dentro da antiga senzala e não gostaram das acomodações, mas Dona Criminosa justificou-se antes que Joaquim João criasse coragem para perguntar:

— Há muita cobra por aqui, elas só não entram na senzala.

E de lá partiram para a casa-grande, onde armaram a tocaia.

Já quase amanhecia quando sentiram um arrepio no corpo e depois perceberam a careta de Dona Criminosa, que se desfez em um impropério.

— O que foi? — ousou perguntar Joaquim João.

— Era a onça, não viram?

— Não.

— Ainda tem muito que aprender...

E, depois de um longo suspiro, completou:

— Vamos embora. Agora só amanhã.

Voltaram para o pouso, mas, antes de dormir, Joaquim João e Enercino foram comer o desjejum preparado por Alírio.

O desjejum era coalhada.

Dona Criminosa e Pascácio beberam uns caroços d'água e foram pra rede, mas Cara Troncha resolveu acompanhar os novos companheiros e Joaquim João decidiu perguntar, depois de refugar mais de uma vez, temendo, quem sabe, o ridículo:

— Te chamam de Cara Troncha por quê? Quer dizer, é de nascença?

O homem sorriu, quer dizer, trincou os dentes, e disse:

— É não. Meu nome é Cirilo, virou Cara Troncha quando eu já vivia aqui.

— Como foi?

Falou Enercino, entrando na conversa:

— Eu dei de cara com a onça. Ela não fez nada. Nem eu. Às vezes acontece, tem gente que se amofina, que endoida, que se enamora dela, que morre. Eu entronchei a cara.

— Foi um ramo?

— Foi como se fosse. Ela foi se aproximando. Eu fiquei paralisado. Aí ela rosnou pra mim, como um gato, a um palmo de minha cara. Eu senti o bafo dela, que não fede, é como de menino novo, mas senti a quentura e minha cara entronchou, faz mais de ano isso.

— Mas como é que ela ficou a um palmo de tua cara?

— Ainda não sabem? Ela fica grande e fica pequenininha. Já a viram do tamanho de um gato e maior que um boi.

— Eu não sabia — falou Joaquim João, e Enercino perguntou:

— Onde foi isso?

— Na Cacheada. Tem gente que diz que ela nasceu lá, porque ali já se fez muita maldade.

— É terra de quem?

— Era do coronel que fugiu e dizem não valia nada. Mas eu falo é do fundador, um tal Juveniano da Costa Favela, que começou a fazenda matando pra mais de trinta caboclos. Isso no tempo antigo. Diz João das Quengas, que gosta de contar as histórias da ribeira, que ele mandou cavar um buracão e depois jogou dentro os tapuios. Tudo vivo. E mandou cobrir. Homem, mulher, menino. O lugar da cova é o da porteira da fazenda.

— É de fazer medo mesmo — comentou Joaquim João.

— Não é?

Depois Boca Troncha "riu" e em seguida falou:

— Eu sei o que estão pensando, eu também já pensei muito isso. Mas já que tô aqui, quero ver como termina.
— Eu pensei o quê? — perguntou Enercino.
— Pensou mais ou menos assim: o que que eu vim fazer aqui?
— Foi isso mesmo — confessou.
Mas Joaquim João parecia alheio à perspicácia de Boca Troncha. Ainda incomodado com a história dos tapuios, perguntou:
— Por que ele fez isso?
— Ele quem?
— O coronel. Por que enterrou os caboclos vivos?
— Diz João das Quengas que ele acreditava que a morte é que faz um negócio prosperar, que tudo que é grande tem que começar com uma morte, senão mingua.
— Varei.
E a conversa acabou.

[XII]

No meio da tarde um vaqueiro da fazenda Não Me Toques, do Coronel Guido Pantaleão, foi avisar que o gado tinha voltado ao curral e a filha do coronel tinha encontrado um gato sem pelo, que mais parecia um cramunhãozinho esfomeado, rondando a casa.

Os homens sorriram, alguns de gastura.

Joaquim João e Enercino procuraram Pei-Bufo, mas acharam Boca Troncha, que, inquirido, explicou:
— Gato que vê a bicha perde o pelo, e gado que volta ao curral é que tá com medo da onça, que, depois de carne de gente, prefere um bezerrinho.

E logo os dois se viram em um conselho de guerra, em que Severino Come-Facas, Dona Criminosa, Lelo Sete Mortes, Pedrinho do Beiço Lascado e Balduíno Sete Palmos falaram.

Canino também falou, mas ninguém deu atenção.

Decidiram emboscar a bicha na ladeira da Juliana, que ficava perto da fazenda, entre o serrote da Tamiarana e a pedra da Caprichosa.

Antes de saírem, Lelo Sete Mortes, que falava com voz tão vagarosa que dava agonia e ainda cuspia como se virgulasse, lembrou o mais importante:

— Se ela vim de baxo, o premero a atirar é Pedrim, aí o que tiver mais perto atira dispoi e assim até o que tá no arto. O derradêro é eu. Se ela vinher de riba, eu atiro premero... Chegando lá eu vou colocando cada um alapardado e no logar mais escondido, que eu quage matei a bicha por ali por perto e conheço a ladera.

E assim foi feito.

O coronel foi avisado de tudo e colocou os homens dele onde acreditava que a bicha pudesse atacar, e ele mesmo ficou de tocaia.

Maria Jovina foi rezar pra Santa Bárbara, protetora da ribeira.

A onça demorou, mas veio e veio de baixo e não temeu os tiros, por isso mesmo foi atingida; mas não morreu.

Urrou de maneira agoniada e raivosa, o que teve o efeito de arrepiar todos os pelos do corpo até do mais valente dos valentes, depois foi embora.

A onça escapou, mesmo assim os tocaieiros tiveram o que comemorar, os pingos de sangue verde que brilhavam no escuro e fediam ou cheiravam a mulher fogosa.

E, como a experiência ensinava que a onça não voltaria a atacar por algumas noites, quem sabe até por algumas semanas, Canino, assim que os homens se reuniram para constatar que haviam mesmo atingido a bicha, mas que o ferimento não era mortal, bazofiou:

— Não vão me dar os cumprimentos? O tiro que pegou a malvada saiu daqui.

E mostrou a arma.

Lelo riu, acompanhado por Come-Facas e por Dona Criminosa, e disse:

— Mai repara mermo.

Come-Facas completou:

— Faça graça não. O tiro saiu foi da arma daquele ali.

Aquele ali era Enercino.

Depois os homens seguiram até o baixio dos Doidos, excitados com o cheiro do sangue da onça, mas, ao se aproximarem da casa das putas, quem saiu foi João das Quengas, sorrindo, depois disse:

— Se lascaram, meus senhores. As Marias estão vestindo roupa vermelha.

Os homens bufaram, e Canino, querendo desfazer o papel safado de ainda pouco, falou:

— Chame logo as raparigas. Avie, que eu tô que não me aguento.

Mas bastou que Dona Criminosa cuspisse com força e pusesse a mão na faca, pro faroleiro se acovardar e sair bufando com aquela venta de telha emborcada que parecia um focinho.

João das Quengas aproveitou pra gracejar.

— É, meus senhores, se lascaram. Mas, se alguém quiser, eu tenho uma garrotinha que é um brinco, um bichinho ensinado, que até mija depois que trepa.

Os homens foram saindo. Ele então se lembrou de falar:

— Se quiserem beber?

Ficaram apenas Joaquim João e Enercino, com vontade de ouvir as histórias que João das Quengas gostava de contar.

Feitas as apresentações, foram beber na casa dele, mas, antes de tomarem a primeira lapada, chegou um vaqueiro do Coronel Guido, que contou como a onça atacou o rebanho pra comer os bezerros; mas boquejou também que os touros defenderam as crias, fazendo uma roda em torno das fêmeas e dos vitelos.

Por sua vez, Joaquim João contou que ela subiu com a moléstia a ladeira da Juliana, mas levou chumbo e sangrou um bocadinho.

O vaqueiro salivou por uma lapada que lhe foi oferecida, mas não aceitou, pois, mais que ninguém, conhecia Coronel Guido, e foi embora.

Tinha por nome Quirino e por apodo, Cancão.

Era homem que inspirava confiança de imediato.

João das Quengas falou bem dele, antes e depois que entornou a primeira lapada.

Foi quando Joaquim João perguntou:

— O senhor sabe me dizer por que Julgado do Vento? Por que Ribeira da Brígida?

João das Quengas deu uma gaitada, olhou pros dois lados como se procurasse alguém e depois, ainda risonho, disse:

— Senhor?

Voltou a rir e, quando se acalmou, respondeu:

— Por que Julgado do Vento eu não sei, agora Ribeira da Brígida foi porque...

E contou a história que na ribeira quase todos sabiam de cor.

Tudo começou quando um homem rico abrigou dentro de casa um sobrinho vindo do Reino, e o sobrinho tanto fez que tirou os tampos da filha dele, com a promessa de que ia casar.

Ia, porque quando percebeu o desmantelo que causou, sumiu no oco do mundo.

Adormeceu e não amanheceu.

A moça era moça, mas não era burra e logo entendeu que o finório não ia voltar.

Por isso fugiu também, pra ter coragem de pôr a corda no pescoço.

O pai, que ela era filha única e ele viúvo, foi atrás, e ela, não se sabe como, veio dá nessa ribeira, que ainda era terra de caboclo brabo e se jogou na correnteza numa noite de invernada. Um homem que tinha endoidado procurando ouro, chamado Pedrolino, encontrou a defunta e quando ia enterrando chegou o pai, brigou com o doido e desenterrou a filha, a reconheceu e teve tanto desgosto que resolveu morar ali mesmo, ao lado da sepultura dela, como penitência por ter abrigado o sedutor dentro de casa.

Mas antes voltou, parece que pra Olho-d'Água dos Bredos, que era onde morava, vendeu tudo e tornou de vez, pra viver junto à cova da filha, acompanhado de meia dúzia de escravos.

Ele mesmo construiu um túmulo bonito pra menina, sem esquecer a cruz azul de moça enganada; em seguida trabalhou junto com os negros e ergueu a primeira casa da vila, alforriou os escravos, plantou uma rocinha no baixio e se preparava pra penar quando chegaram uns homens da casa da Torre chacinando tudo que era vivo.

Os homens o deixaram em paz e depois deram a ele uns tratos de terra, onde hoje é a vila.

Os escravos que ele tinha alforriado foram viver em riba da serra do Amém, por trás da mata da Trança, e o lugar virou mocambo, que os novos donos do lugar quiseram pôr abaixo depois de acabar com os caboclos.

Aí os negros vieram em embaixada, entre eles um chefe por alcunha Seis Ofícios, que para não ser incomodado se ofereceu para erguer qualquer obra de pedra e cal; prometeu e garantiu erguer qualquer coisa espantosa, desde que, em troca, o deixassem em paz.

Os prepostos dos Garcia d'Ávila, que eram os primos Juveniano e Frutuoso da Costa Favela, os irmãos Floro, Brás e Crispim Sutil de Oliveira e Piolino e Marino Monteiro de Moraes, que eram pai e filho, não aceitaram favor, mas o penitente, que chamava Gil Lobo de Souza, convenceu todos eles a empregar os negros na construção de uma capela. Convenceu porque assustava qualquer um com aqueles olhos de semente de melancia, que pareciam alumiar de uma forma errada.

E o resultado foi a igreja que o engenho de Seis Ofícios e a força dos outros negros ergueram no meio do nada.

O pai da moça ficou tão satisfeito que ele mesmo desenterrou a filha e enterrou outra vez, dentro da igreja, que, dizem, muito tempo adiante, Padre Gabriel Malagrida dedicou a Santa Bárbara, depois que se abrigou dentro dela, em uma noite de tempestade.

Dizem que o padre achou que estivesse no céu quando viu a igreja como se fosse uma árvore de pedra e beleza, crescida ao pé do rio e é só.

Quando João das Quengas acabou a história, os amigos se entreolharam e Joaquim João disse:

— É coisa de causar espanto.

— A moça se chamava Brígida? — perguntou Enercino.

— Pois é, esqueci de dizer.

— O senhor é daqui mesmo? — perguntou Joaquim João.

— Sou não. Vim matar a onça, mas me amofinei. Nesse tempo os seis coronéis da ribeira ainda viviam e a riqueza era muita, a vila da Cruz da Moça Enganada, que nunca foi vila coisa nenhuma, prosperava, tinha até feira e, quando os coronéis ofereceram uma burra de ouro para quem matasse a perigosa, veio gente de todo lugar; eu vim.

Mas a onça começou a comer gente, a desmoralizar a capangaria inteira e eu me amofinei. Quase perdi o juízo, foi aí que conheci as "viúvas" de um valente que a onça comeu, Bibiano Alguma Coisa, e encontrei meio de vida regalada, virei João das Quengas e fiquei por aqui mesmo, pra ver como tudo isso termina.

— Faz muito tempo?

— Faz um bocado, mas aqui o tempo é diferente, é tudo diferente. Vi coisas que só acredito porque vi.

E dizendo isso quedou-se em silêncio.

Os rapazes acharam que era hora de partir e se despediram prometendo voltar, e foi quando João das Quengas se lembrou de dizer:

— Já foram visitar o sítio de Pedro Papacaça?

— O mocambo?

— É.

— Não.

— Deviam ir, Sá Jérica pode rezar os dois. Depois que Camunguelo morreu ninguém mais acredita na reza da velha. Eu acredito.

E beijou um escapulário que trazia no pescoço, depois concluiu:

— A onça nunca me pegou.

Os rapazes não acharam má ideia e voltaram para o pouso das Lágrimas.

Se tivessem ficado mais um pouco, teriam se regalado com a beleza e a magreza das putas da ribeira.

[XIII]

No pouso das Lágrimas, as noites e os dias eram compridos, e não raro havia barulho e facada.

Os homens aguardavam impacientes que a onça atacasse outra vez, esperavam jogando conversa fora e bebendo cachaça, e foi assim que Joaquim João e Enercino acabaram se inteirando do estatuto da ribeira, desasnaram, mas sempre havia uma estranheza nova para aprender, como a que conheceram durante uma noite bonita, em que as estrelas se multiplicaram e a luz da lua se despejou, como água arrombando açude, pelas várzeas e serras que a moça enganada batizou com o próprio nome.

 Foi aí que se deu a novidade — novidade pra eles, que muitos estavam já desconfiados —: Catarino Vira-Saia pegou a viola, que um valente comido de onça tinha deixado no pouso, e ficou brincando com ela e olhando pro tempo, até que cantou:

> Quando eu morrer não me chores,
> Deixo a vida sem sodade;
> — Mandu sarará...
>
> Tive por pai o desterro,
> Por mãe a infelicidade,
> — Mandu sarará...
>
> Papai chegou e me disse:
> — Não hás de ter um amor!
> — Mandu sarará...
>
> Mamãe veio e me botou
> Um olhar cheio de dor,
> — Mandu sarará...
>
> Que o tatu prepare a cova
> Com seus dentes desdentados,
> — Mandu sarará...
>
> Para o mais desinfeliz
> De todos os desgraçados,
> — Mandu sarará...

Joaquim João e Enercino perceberam os olhares cúmplices de todos, mas ninguém fez nenhum gracejo, de modo que eles foram procurar Cara Troncha, que explicou:

— Ele tá apaixonado pela onça.

— E pode isso? — perguntou Joaquim João.

— Se pode eu não sei, mas ela já matou mais de meia dúzia assim, diz que chega parecendo uma moça, diz que até se arreganha e se deixa possuir, depois mata.

— Eu não acredito.

— Vai acreditar. Quem se apaixona tá perdido. Catarino tá com os dias contados. A única coisa que se aproveita dessa paixão de valente é que quem se encanta pela onça fareja ela.

Enercino entrou na conversa afirmando:

— Então é só pastorar Catarino pra encontrar a onça.

— Pois é, o problema é que todo apaixonado de onça fica ladino, porque é como se ela já tivesse agindo na natureza dele.

— Algum escapou? — perguntou Joaquim João.

— Dizem os velhos do mocambo que um valente de nome... de nome... Me esqueço a graça dele agora... Rididico. Dizem que a onça só lambeu ele e o pobre ficou coisa de uma semana andando atrás dela, pra lá e pra cá, nu e com o calabrote em pé, aí deu bicho no pau dele e ele morreu. Antes de morrer disse que a onça tem nome, mas não é Maria Medonha, como tem gente que chama, é Daliana, que tem gosto de queijo de manteiga derretendo na boca.

Joaquim João se benzeu, Enercino abriu muitos os olhos, tanto que ficou parecendo uma coruja.

Cara Troncha sorriu e foi embora.

Antes de dormir, Joaquim João perguntou ao amigo:

— Será que é verdade?

— Homi, aqui é lugar de desmantelo. Se essa rede me disser: "Boa noite, Enercino Carinhanha, meu nego", eu respondo: "Boa noite, rede, e vou dormir sossegado, senão perco o juízo".

Joaquim João teve medo de endoidecer.

[XIV]

Cara Troncha foi acordá-los. Os dois, estremunhados, demoraram a entender por quê, até que finalmente compreenderam, mas só depois que o homem explicou pela terceira vez:

— Eu já disse, Pascácio foi olhar Dona Criminosa mijar. Deveria ter guardado a coragem pra onça. Ele viu o que não devia ou nem chegou a ver. Dona Criminosa meteu a peixeira no bucho dele. Está lá perto do rio, de fato pra fora.

— E por que a gente tem que enterrar?

— É do estatuto: enquanto não chegar outro caçador de onça, enterrar quem morre é tarefa de quem chegou por derradêro, a não ser que queiram desafiar...

— Tá certo — disse Joaquim João se levantando.

Enercino também concordou, mas, antes de deixar o pouso, perguntou:

— A gente vai enterrar atrás da igreja?

— Atrás da igreja o quê? E nem nos Angicos. Ele não tem esse direito, a onça não matou. Vai é ser enterrado lá mesmo.

Enercino não entendeu muita coisa, mas voltou a inquirir:

— Tem pelo menos uma pá? Uma enxada?

Tinha, e eles foram procurar Alírio.

Em seguida acompanharam Cara Troncha, que tava num pé e noutro e logo caminhava avexado.

Apesar disso Enercino voltou a questioná-lo, como se não soubesse a resposta:

— Não tem padre. Nem beato tem?

— Tem não, e o padre daqui nem padre era. Um dia lhe conto. Agora se apresse. Avie.

Ao chegarem ao lugar da desinteligência, Pascácio já tinha sido aliviado do que não iria precisar.

Dona Criminosa estava de braços cruzados ao pé do cadáver e não dizia uma palavra, enquanto Lelo cuspia pra se distrair.

Enercino e Joaquim João começaram o trabalho e Cara Troncha foi procurar madeira.

Voltou com uma cruz mais troncha que a cara dele.

Prinspo e Namorado terminaram o serviço logo, puseram a cruz, se persignaram, fizeram uma oração em silêncio e ficaram lá esperando qualquer coisa, e a qualquer coisa veio. Dona Criminosa disse:

— Eu vou mijar na cova dele. Alguém quer ver?

Lelo sorriu, cuspilhou e foi embora.

Os outros três homens o seguiram de perto.

Quando estavam a uma distância segura, Joaquim João perguntou:

— Dona Criminosa é machifêmea? É mulher? É o quê?

Cara Troncha falou aborrecido:

— Marrapaz, ela já não disse que era Dona Criminosa e pronto, sossegue.

Joaquim João deu de ombros e Lelo Sete Mortes falou:

— Se a onça matar ela nóis descobre.

E se afastou cuspindo.

[XV]

Como ainda era muito cedo e os amigos não tinham nada pra fazer, resolveram seguir até o sítio de Pedro Papacaça para pedir a bênção a Sá Jérica.

Convidaram Cara Troncha, que não quis ir, mas disse que não tinha perigo, só não fossem mexer com as negrinhas.

Balduíno, que vinha chegando e ouviu tudo, falou:

— É, se mexerem com as negrinhas o peido avoa. Se quiserem vou com os dois, mas não fico. Vou comprar marafo. Por certo querem ouvir as conversas da bruxa velha. Eu estou cheio de conversas.

Os dois aceitaram os oferecimentos de quem conhecia os caminhos e seguiram Balduíno, cuja alcunha não era Mata-Sete, como diziam alguns, era Sete Palmos, que gastou todo o latim e toda a simpatia ao fazer o convite, porque só falou outra vez quando chegou ao sítio e mesmo assim a um negro velho, a quem encomendou a cachaça.

O sítio ficava por trás da mata da Trança e podia ser muito bem defendido, porém parecia mais terra de caboclo brabo do que de negro, porque a parte que eles viram, e não viram tudo, era uma espécie de grande terreiro, cercado por uma meia-lua de casinhas.

Abandonados ali, eles ficaram sem saber o que fazer, até que muitos meninos de pele lustrosa de tão negra, de olhos grandes e brilhantes mas de cabelo liso, saíram de tudo que foi canto e indicaram o lugar onde os visitantes poderiam amarrar os cavalos.

Eles descavalgaram e perguntaram por Sá Jérica.

Um dos meninos respostou:

— Sá Jérica não fala com todo mundo, não.

Joaquim João sorriu, procurando o negro velho que tinha falado com Balduíno, mas, assim como Balduíno, o velho tinha sumido e, como não encontrou mais ninguém, disse ao moleque:

— A gente fala com qualquer um.

Foi quando viram se aproximar uma moça bonita, muito alta, com um lenço enfeitando a cabeça, que disse:

— Sá Jérica tá chamando.

Eles acompanharam a moça até uma das casinhas.

A moça mandou que eles sentassem em tamboretes que tinham forma de tartaruga, ofereceu água, que eles beberam, enquanto uma mulher velha, com vagar exasperante, punha fumo no cachimbo, punha fogo no fumo e finalmente sentou em uma rede, cachimbou e afinal deu início à conversa sem cumprimentar:
— Foi aquele traste que mandou os dois aqui, não foi?
— Quem? — perguntou Joaquim João, meio que para si mesmo, e Enercino respostou:
— João das Quengas.
— Ele disse o quê?
— Que a senhora dona podia benzer a gente, que sabia beber o sangue da palavra.
Ela riu, olhou pra cima e falou:
— Desde que Camunguelo morreu eu deixei de benzer.
Joaquim João coçou a língua pra perguntar quem era Camunguelo, mas não perguntou.
Ela riu e disse:
— Camunguelo era caçador de onça. Coronel Guido ofereceu a ele metade da fazenda se ele matasse a desgraçada. Ele não matou, quase matou, mas não matou, morreu.
— Ele era daqui? — perguntou Joaquim João, se fazendo de bobo.
— Era.
E, falando pra Enercino, a velha quis saber:
— Ele tá pagando os pecado, e tu?
— Eu vivia perdido e...
— Achou o que procurava?
— Achei. Nem sabia que precisava e agora não sei como viver sem.
— Coronel Paulino pode não cumprir a promessa.
— Tem nada não. Se a menina quiser eu roubo ela. Se não quiser eu vou embora.

A velha sorriu outra vez e disse:

— E Capa-Verde? Vai enganar Capa-Verde também? Capa-Verde não gosta que ninguém saia dessa ribeira.

— Ele é a onça?

— Ele é o pai da onça. Vou deixar de arrodeio e contar logo. Não foi o que vieram saber?

— Foi — disse Joaquim João.

— Há muito tempo Capa-Verde vivia por aqui fazendo maldade, até que se apaixonou por Maria Amália, filha do Coronel Juveniano, o homem mais rico da ribeira. A menina era uma flor, e Capa-Verde que é Capa-Verde entrava no quarto dela toda noite, mode fazer mel.

"Já tão vendo que não demorou quase nada pra menina, ainda com os maturis nascendo, conhecer Joaquim Madrugada e embarrigar. E o que o pai fez?

"Matou.

"O diabo soube e com as artes dele tirou a semente do bucho da namorada morta. A criaturinha era do tamanho de uma cebola ou ainda menor, do tamanho de um dente de alho.

"Depois colocou no bucho de uma onça-tigre e o resultado foi Daliana, diaba que já nasceu perversa e comeu a mãe postiça e desde então faz o que quer na ribeira.

"Começou comendo bezerro na fazenda do avô, depois deu pra comer gente também.

"Quem é homem pra matar a filha do diabo?"

Calou-se e fez ar de mistério.

A velha esperava que a história assustasse os rapazes, mas Enercino mudou de assunto:

— Por que João das Quengas não vem aqui?

— Por que tentou levar uma dessas meninas. Se pisar aqui, por aqui fica.

— A onça ataca aqui também? — perguntou Joaquim João.

— A onça não respeita ninguém.

Então, de uma hora pra outra, a velha cansou da conversa sem sal e sem açúcar, levantou-se e perguntou:

— Estão com fome?

Como a resposta foi positiva os convidou pra comer jembê.

[XVI]

A noite daquele dia foi pesada para Joaquim João, que teve muitos sonhos ruins e acordou com o dia ainda morcegando, mas não quis despertar o amigo, que assim que abriu os olhos percebeu, de imediato, a preocupação do companheiro e antes mesmo de se lavar perguntou:

— O que foi?

— Eu desgracei Aninha. Ela era afilhada de minha mãe. Uma mocinha tão boa. Tão feliz, todo mundo gostava dela.

— Diga uma coisa que eu não sei.

— Meu pai é homem severo. Todo mundo sabe.

— Eu sei.

— Mas ele não tinha me mandado embora se ela não tivesse se matado. Ela se matou, Enercino. De certo modo eu matei ela por um capricho. Ainda escuto meu pai dizendo: "Só volte quando for homem". E eu sou o quê? Baixei a cabeça e fui, ainda bem que tu vieste comigo.

"Eu sou homem, Enercino.

"Sou nada.

"Sou um cabra safado.

"Não devia ter feito aquilo com a menina.

"Mas vou matar a onça, depois carrego Larinha pra receber a bênção de meu pai".

— Pois, de minha parte, se Coronel Paulino cumprir a promessa eu não volto mais não. Gostei daqui — falou Namorado, que se levantou pra mijar e se lavar também e, enquanto fazia o de toda manhã, se perguntava se devia ter contado ao amigo que Major Rogaciano o chamou e disse: "Vá com ele. É um traste mas é meu filho. Se ele morrer me traga a notícia".

[XVII]

Naquela mesma noite, antes de dormir, as meninas do Coronel Paulino pediram que Cosma contasse uma história. As meninas eram Maria Flor, Lara e Maribela, que Constança dormia com Flora e Cecília com Xanduzinha.

Cosma fechou a cara e respostou:

— Não acham que tão crescida demais pra isso, não? Repara só, tudo encadeirada já, com os peitos furando o algodãozinho das camisolas. Não sei onde foram arrumar esses peitos? Outro dia andavam mudando os dentes.

As meninas sorriam.

Porque a zanga era ensaiada.

Cosma logo sentou na cama da preferida, Maria Flor, e disse:

— Foi aqui mesmo. Não foi longe não. Aconteceu aqui, na Ribeira da Brígida. Maria Medonha já existia, mas só matava garrote, até que teve ciúme do amor de um enxadeiro já entrado em anos; que vivia às mil maravilhas com a mulher maninha dele.

— E como eles chamavam, Cosma? — perguntou Larinha.

— Ele chamava Liêdo e ela Aurora. Eram felizes que só vendo. Só faltava um filho. Ela fez uma promessa pra São Gonçalo e embarrigou, e ele proibiu que ela fosse levar o almoço dele no roçado, principalmente depois que teve um sonho ruim. Já ele, quando voltava pra casa, levava sempre um mimo pra ela, nem que fosse uma pedrinha bonita. Os dois viviam se agradando como namorados de pouco tempo.

— Por causa da onça que ele não queria deixar a mulher sair de casa? — perguntou Maria Flor.

— No começo não, era só cuidado mesmo, mas depois do sonho foi, sim. Acontece que a onça sabia do costume e, perversa, ficou tocaiando o casal.

— E como a onça sabia, Cosma? — indagou Maribela.

— A onça tem pauta com o cão. Sabe de quase tudo e o que não sabe adivinha. A onça...

— Continua — falou Maribela, arrependida de ter perguntado e já se aborrecendo.

— Isso é jeito de falar comigo, sua atrevida?

A mocinha fez uma careta pra Cosma e depois disse:

— Continua, Cosminha dos meus amores.

— Desaforada. Eu ainda te dou uma pisa. Onde é que eu tava mesmo? Ah, sim. A vida do casal seguia nessa pisada: era muito carinho, muito chamego, muito cuidado, até que um dia, por uma coisa à toa qualquer, Liêdo se demorou pro almoço e Aurora resolveu ir no roçado deixar a merenda dele. Mas o marido já vinha pra casa, só que veio por outro caminho, mode chegar mais ligeiro.

— Os dois se perderam um do outro — concluiu Larinha.

— Pois é. Quando Liêdo não viu a esposa em casa sentiu um aperto no peito e correu pro roçado. Adivinhou pra onde Aurora tinha ido. Mas quando chegou lá encontrou a mulher comida de onça.

"Maria Medonha tinha começado a comer pela barriga, que é a parte mais mole do corpo da gente, depois foi embora como menino vezeiro em estruir o de comer.

"O almoço de Liêdo tava espalhado pelo chão.

"Ele se ajoelhou, depois sentou na terra e colocou a cabeça da mulher no colo e ficou ninando ela como se ela fosse uma meninazinha, soluçando baixinho de aflição.

"Foi aí que a onça chegou de novo, devagarzinho, mode acabar o serviço.

"Liêdo não reagiu e a onça mordeu o pescoço dele. Fez só de maldade. Não tava com fome não, tava era com raiva da felicidade dos namorados de todo dia. Só fez mesmo matar. Deixou o que era amor pra João do Alto, pra Maria Oião, pra os bichos carniceiros."

— Que história triste — falou Larinha.

— E bonita — completou Maria Flor.

— E eles vão comer o queijo do céu, Cosma? — perguntou Larinha.

— Vão.

— Existe queijo no céu? — falou Maribela, e Cosma respostou:

— Deve existir, mas só come quem amou direito. Agora vão dormir.

Levantou-se, saiu do quarto e foi rezar pra que a onça não voltasse à fazenda Boa Noite e se voltasse não mexesse com as meninas dela, que matasse os homens, que não prestam pra nada, nem pra matar uma onça.

[XVIII]

Manhãzinha ainda, ninguém viu o homem chegar, o homem era Chico Chato, que caminhava como ninguém caminha no mundo, como se estivesse se arrastando ligeiro; chegou e assustou muito valente, com aquela voz de quem fala com língua demais, cuspilhando:

— Quero falar com Dona Criminosa. Dona Criminosa. Dona Criminosa.

E Dona Criminosa veio logo atender:

— Que foi, Chico?

— Noite passada Ivone foi me aperrear, dixe pra eu vim aqui que a senhora não gosta que ela apareça no pouso.
— Ela pediu o quê, Chico?
— A merenda. Dixe que fosse levar hoje de noitinha e não esquecesse o queijo de coalho, a manteiga, a farinha e a carne de sol e pitomba.

À medida que o doido desfiava, diante de todo mundo, as exigências da beldade, Dona Criminosa ia se vexando mais, porém, foi só quando ele falou "pitomba" que ela estralou.
— E onde eu vou achar pitomba, Chico? Se fosse pelo menos um mês atrás, o que não faltava era pitomba.
— Eu não sei não, mas ela dixe que queria pitomba. Senão...
— Eu sei, Chico, eu sei.
— Ela dixe também que viu a onça perto da serra da Cruviana. E e e não dixe mais nada não, e eu vou embora que eu tenho que trabaiá.

[XIX]

Os homens, que já sabiam que a onça estava curada porque Catarino Vira-Saia encontrava-se por demais agitado, começaram a preparar o espírito para continuar a caçada.

Severino Come-Facas reuniu os valentes pra decidir em que lugar cada grupo ia montar a tocaia, pois sabia que seguir Catarino de perto não ia resultar em nada ou ia acabar em coisa nenhuma.

Foi ele que perguntou a Joaquim João:
— Continuam com Dona Criminosa?
— Por enquanto...

Depois, virando-se para Cara Troncha, já que Dona Criminosa tinha ido providenciar a merenda, abriu a boca, mas nem precisou perguntar, porque, se antecipando, o valente respondeu:

— Ela fica com a Cacheada.

E, quando estava tudo decidido e todo mundo pensou que as novidades do dia tinham acabado, viram chegar o Coronel Romão Bezerra, montado em um quartau que fora bonito.

O homenzinho vestido de branco encardido descavalgou vagaroso, tirou o chapéu e caminhou até o rancho; não deixou de cumprimentar ninguém e pediu pra falar com os homens que estiveram na Boa Noite aos cuidados da gente de Paulino da Pedra.

Joaquim João e Enercino se apresentaram.

Joaquim João ofereceu a rede para o coronel sentar e sentou ao lado de Enercino. O coronel sentou, colocou o chapéu no colo e disse:

— É sobre meu filho Romãozinho. Tiveram notícias dele?

Os amigos se entreolharam e compreenderam tudo.

— Não, coronel, tivemos não.

O coronel coçou a cabeça e abriu a boca, aparvalhado, depois disse:

— Esse menino. Esse menino. Saiu daqui pra dá parte ao Imperador, pro mode o homem mandar uma força pra matar a onça e ainda não voltou.

— Faz muito tempo isso, coronel?

— Faz um bocadinho.

— Não tem mais Imperador não.

— Como não tem? Fizeram o que com o Imperador, meu pai do céu?

— Tangeram do Brasil, agora o país é uma república.

— Isso é uma falta de vergonha.

E o coronel repetiu várias vezes que era uma falta de vergonha, que uma república era uma falta de vergonha, se aborrecendo cada vez mais, até que pareceu iluminar-se. Então perguntou:

— O Imperador tá aonde?

— Na França.

— Ah, então foi isso; meu menino foi pra França falar com o Imperador. Ele me disse mesmo assim: "Pai, eu só volto quando falar com o Imperador". O coitadinho deve tá na França, correndo atrás de Dom Pedro. Pra chegar na França tem que atravessar o mar, não tem?

— Tem, sim senhor.

— E Romãozinho tem medo até de rio, mas deve ter atravessado o mar pra falar com o Imperador, por isso até essa data inda não tornou.

Levantou-se feliz com a descoberta e foi até o cavalo falando sozinho. Montou com dificuldade.

Enercino e Joaquim João o acompanharam, foi quando ele se deu conta de que não tinha se despedido. Como já tinha botado o chapéu, tirou outra vez, agradeceu e ainda convidou:

— Venham me visitar na minha fazenda Olho-d'Água, vou mandar matar um carneiro. Aqui na ribeira a gente trata bem as visita...

E foi embora resmungando.

O cavalo sabia o caminho de cor, do tempo em que o coronel ia até o pouso dia sim, dia não, acompanhado do velho Benedito.

Quando ele foi embora Alírio se aproximou dos rapazes e disse:

— É uma tristeza, tá cada dia mais doido.

— Tá fedendo a azedo.

— A roupa toda desmazelada. O cabelo crescido, a barba também.

— Tá mais amarela que branca, de suja.

Alírio pensou um pouco e depois ponderou:

— É estranho Benedito não ter escoltado o patrão. A fazenda tá praticamente abandonada, quem cuida de tudo é o preto velho. Se Benedito estiver doente lascou de vez. Lascou em banda. Quando Pei-Bufo aparecer por aqui vou pedir a ele pra dá uma passadinha lá. Não deve ser coisa boa não...

E parou de falar, adivinhando chuva.

— O quê? — perguntou Joaquim João.

— O que anda sucedendo nas terras do coronel.

— O filho fugiu?

— O filho era o ai-jesus dele e era um cabra safado também, disse que ia falar com um parente, pra pedir ajuda, em Ingá do Bacamarte.

— Ele disse que o filho foi pedir ajuda ao Imperador.

— Primeiro era o parente, depois o presidente da província, depois o bispo. O Imperador é a primeira vez.

E Alírio se afastou dizendo:

— Isso é culpa da lua, deve ser a lua. Lua cheia faz mal a doido.

[XX]

Quando anoitecia Joaquim João, Enercino e Cara Troncha seguiram Dona Criminosa até a vila deserta.

Ao chegarem lá Cara Troncha sofreou o cavalo, mas Dona Criminosa não queria dar parte de fraca e mandou que todos seguissem até diante da casa do Coronel Inácio Cordeiro, que fazia anos não saía da fazenda Minha Madrinha, quem saía era o lugar-tenente dele, Cassiodoro, mas não ia até a casa da vila, que ficou sendo de Ivone Alegria dos Homens, como cantavam, debicando, os meninos; no tempo em que ainda havia meninos na Vila da Cruz da Moça Enganada.

Os homens permaneceram montados. Ela descavalgou e foi falar com a doida. A filha do coronel abriu a porta — vestida —, arrancou o embrulho das mãos de Dona Criminosa — que estava muito encabulada —, não disse coisa alguma e fechou a porta com estridulência.

Dona Criminosa ficou com a cara mexendo, até que a mulher abriu outra vez a porta e, com as mãos na cintura, falou:
— Cadê a pitomba?
— Ivone, tempo de pitomba já passou. Só para o ano.
— Eu disse a Chico Chato que queria pitomba.
— Não tem pitomba.
— Não tem. Ora não tem.
E meteu o bofete na cara de Dona Criminosa, bateu de fazer estalo; bateu outra vez, bateu até cansar e depois fechou a porta na cara dela.

Quando a desventurada virou-se para os homens, eles olharam para todos os lados, menos para ela, que disse:
— Vão pra Cacheada. Eu, eu, eu vou pra outro lugar...
Montou e partiu esquipando.

No caminho pra fazenda, Cara Troncha se desculpou por Dona Criminosa:
— É um despropósito, mas fazer o quê? Foi ver a mulher cavalgando nua por aí e virou a cabeça por ela. Mas não vão espalhar o que viram, não. Dona Criminosa não gosta de futrica.
— Nem se preocupe — disse Joaquim João.

Enercino, de tão calado que era, não precisava prometer, mas lá consigo pensava que a mulher era doida, mas que, ainda assim, era mulher, e sorriu tentando adivinhar quem estaria merendando com ela.

Tinha um palpite.

Mas um rugido o fez lembrar que estava caçando uma besta fera e que era bom não facilitar.

[XXI]

Eles não viram a onça aquela noite, mas Catarino foi visto se esgueirando pela serra da Cruviana, por isso, depois de dormir um pouquinho e deixar "o noivo" — como eram chamados os apaixonados por Maria Medonha — vigiado por Canino, os valentes foram vasculhar a serra e acharam por bem esquecer o resto da ribeira e procurar apenas nas grotas e furnas da Cruviana, o paradeiro da fera.

Não agiram errado, porque foi pra lá que Catarino seguiu assim que anoiteceu, porém, por mais que nenhum deles desconhecesse a ciência dos rastejadores, perderam o rastro do apaixonado e voltaram fulos de raiva ao pouso das Lágrimas.

Foi assim por muitas noites, até que aconteceu: Catarino, manhãzinha, foi encontrado morto, nu, sem a cabeça e com o calabrote duro, em uma furna da serra.

Coube a Joaquim João e Enercino enterrá-lo, mas enquanto matutavam como iriam fazer, Come-Facas disse, adivinhando:

— Ele a onça matou. Vai ser enterrado como valente.

Foram pegar o cavalo do morto, e Lelo Sete Mortes, que o queria bem, amarrou o companheiro para a última viagem e o conduziu para o cemitério.

Joaquim João pensou que fosse o cemitério da vila, atrás da igreja, mas não era, era outro, passando o rio, nas fraldas da serra da Catruzama, perto da fazenda Olho-d'Água, à sombra de um pé de angico.

Lá havia pra mais de trinta túmulos e ferramentas para cavar.

Joaquim João e Enercino cavaram, enquanto Lelo aliviava Catarino do que ele não ia carecer, por último pegou a pistola e o rifle.

Os homens colocaram o defunto na cova, mas, antes que os dois bisonhos o cobrissem de terra, Lelo deitou as armas no buraco, cada uma de um lado do corpo do valente, o rifle em cima da perna direita e a combreia em cima da perna esquerda, com os canos voltados pra onde devia estar a cabeça do morto; depois rodearam o túmulo e Dona Criminosa falou:

— Eu canto.

Mas antes que ela começasse a incelença do valente morto, os homens, com olhares e gestos, censuraram os coveiros.

Joaquim João e Enercino logo deixaram cair enxada e pá, e de repente se empertigaram.

Dona Criminosa limpou a garganta cuspindo longe e começou; depois os demais a acompanharam:

Vitorino morreu
Moça bonita mandou me chamar
Pra matar Daliana
Que a moça queria casar

Eu briguei com a onça
Mas a onça é ruim de matar
Eu morri foi ligeiro
Nem deu tempo da moça chorar

Santa Clara me guarde
Que Capa-Verde quer me engabelar
Eu fui cabra valente
Não deixe ele me desgraçar

Sete Estrelo morreu
Moça bonita mandou me chamar
Pra matar Daliana
Que a moça queria casar

Eu briguei com a onça
Mas a onça é ruim de matar
Eu morri foi ligeiro
Nem deu tempo da moça chorar

Santa Clara me guarde
Que Capa-Verde quer me engabelar
Eu fui cabra valente
Não deixe ele me desgraçar

Agripino morreu
Moça bonita mandou me chamar
Pra matar Daliana
Que a moça queria casar

Eu briguei com a onça
Mas a onça é ruim de matar
Eu morri foi ligeiro
Nem deu tempo da moça chorar

Santa Clara me guarde
Que Capa-Verde quer me engabelar
Eu fui cabra valente
Não deixe ele me desgraçar

Camunguelo morreu
Moça bonita mandou me chamar
Pra matar Daliana
Que a moça queria casar

Eu briguei com a onça
Mas a onça é ruim de matar
Eu morri foi ligeiro
Nem deu tempo da moça chorar

Santa Clara me guarde
Que Capa-Verde quer me engabelar
Eu fui cabra valente
Não deixe ele me desgraçar

Bibiano morreu
Moça bonita mandou me chamar
Pra matar Daliana
Que a moça queria casar

Eu briguei com a onça
Mas a onça é ruim de matar
Eu morri foi ligeiro
Nem deu tempo da moça chorar

Santa Clara me guarde
Que Capa-Verde quer me engabelar
Eu fui cabra valente
Não deixe ele me desgraçar

Jitirana morreu
Moça bonita mandou me chamar
Pra matar Daliana
Que a moça queria casar

Eu briguei com a onça
Mas a onça é ruim de matar
Eu morri foi ligeiro
Nem deu tempo da moça chorar

Santa Clara me guarde
Que Capa-Verde quer me engabelar
Eu fui cabra valente
Não deixe ele me desgraçar

A cada morto a voz dos homens se embargava mais, até que chegou a vez de Vira-Saia, que, antes de chegar à Ribeira da Brígida, foi bandoleiro temido em toda a comarca do Rio das Mortes:

Catarino morreu
Moça bonita mandou me chamar
Pra matar Daliana
Que a moça queria casar

Eu briguei com a onça
Mas a onça é ruim de matar
Eu morri foi ligeiro
Nem deu tempo da moça chorar

Santa Clara me guarde
Que Capa-Verde quer me engabelar
Eu fui cabra valente
Não deixe ele me desgraçar

    Depois os homens foram deixando o cemitério e Joaquim João e Enercino o enterraram; quando acabaram, perceberam que faltava a cruz, mas logo intuíram que Lelo estava providenciando.
    Quando Lelo voltou, trouxe uma cruz improvisada, que fincou na cova, depois disse:
    — Pronto, acabou-se Catarino Vira-Saia. Vamo beber.
    E naquele dia ninguém procurou a onça, e à noite também não.
    Ao voltar para o pouso das Lágrimas, Enercino ficou curioso em saber por que ninguém procurou a cabeça de Catarino, mas achou por bem não perguntar.

[XXII]

Quando passou a carraspana, Come-Facas reuniu os valentes e disse que já era hora de montar tocaia no cemitério, pois, como era sabido de todos, a onça sempre visitava o túmulo do valente morto.

Joaquim João e Enercino não sabiam desse costume da onça, mas intuíram que eram eles que ficariam na posição mais arriscada, portanto tiveram que decidir qual dos dois tentaria se esconder no pé de angico para atirar na onça e qual ficaria deitado entre os montes de terra para tentar sangrar a bicha com um chuço.

Como Enercino tinha melhor pontaria, coube a Joaquim João o papel de tirar sangue de tapioca.

Fazer o quê?

No momento aprazado, lá estava ele, meio coberto de terra, de papariba, esperando a onça e suando, enquanto a lua minguante nem precisava se esconder.

E justo quando pensava em Larinha viu diante de si um par de olhos ameaçadores e ficou encantado e com o corpo todo em resguardo de movimento, esquecido de que podia correr ou erguer o chuço e tentar enfiá-lo no bucho da malvada.

Mesmo assim não se acovardou, olhou a onça bem dentro do caroço dos olhos e Maria Medonha devolveu o olhar e pareceu namorá-lo, depois lambeu a cara dele e sumiu como um pedaço de noite.

E tudo durou o tempo de uma carreira de rato ou uma eternidade, ele não sabia. Soube que ouviu um pipoco e depois os passos de Enercino.

E, porque não estava em seu juízo perfeito, quedou-se por algum tempo com as sabenças de um peru novo e nada falou, até que se viu rodeado pelos outros valentes.

Só fazia sorrir.

Quando afinal conseguiu pôr os pensamentos em ordem, disse:

— Sei como foi não. Ela apareceu. Lambeu minha cara e sumiu.

— Vai ver também ficou enamorado — gracejou Dona Criminosa.

— Fiquei não, mas que a tirana é bonita isso é.
— A onça gostou de ti — avaliou Come-Facas. E deu o aviso: — Cuidado, de quem ela gosta ela judia mais.
Depois os homens foram se afastando e Enercino falou:
— Meu Capitão-Major, tu é gato, é?
— Quisera eu ainda ter vida pra gastar.
— Eu quando dei fé vi a assassina em cima de tu. Atirei e ela furtou o corpo. Como é que um bicho pode ser mais ligeiro que uma bala?
— Não sei, mas agora não tem mais volta. É rezar pra terminar com a gente vivo e a onça morta.
E os dois retornaram, displicentes, para o pouso das Lágrimas.
Não sabiam que a onça os seguia.

[XXIII]

Um dia depois da frustrada emboscada do cemitério, os valentes se reuniram para decidir onde cada grupo ia caçar a tirana, para só então se espalharem pela ribeira; foi quando Enercino falou que não mais acompanharia Dona Criminosa, pois já conhecia muita coisa.

Dona Criminosa ficou muito vexada, porque pensou que os dois bisonhos haviam perdido o respeito por ela, em razão de ter apanhado da doida, mas não disse nada, contudo não perdoou a presumida ofensa.

Eles escolheram a serra da Cruviana para caçar a onça. Os outros estranharam porque, conforme costume da malina, já muito conhecido, ela era muito andeja e dificilmente atacava repetidas vezes no mesmo lugar.

Enercino, muito falante na ocasião, justificou-se dizendo que não sabia por quê, mas acreditava que a loca da onça era na serra da Cruviana.

O que era opinião partilhada por muitos, porém nunca confirmada.

Os outros deram de ombros e só não pensaram em covardia porque os dois já tinham demonstrado do que eram feitos; e mantiveram a mesma opinião mesmo depois que os moços começaram a sair à noite apenas uma vez por semana; nos outros dias se ocupavam em bater a serra, desde manhãzinha, para descobrir a loca.

Em uma dessas idas e vindas resolveram visitar o Coronel Romão Bezerra, na fazenda Olho-d'Água, e encontraram tudo no maior abandono, parecia que não havia mais ninguém ali.

A sensação de desamparo era ainda maior que na Cacheada.

Estava tudo ao deus-dará, no maior relaxo.

E como não encontraram ninguém.

Ninguém.

Nem morador, nem vaqueiro, nem um pé de pessoa, foram até a casa de vivenda, chamaram com respeito e não ouviram resposta, então desmontaram, amarraram os cavalos nos mourões do alpendre e entraram vexados, pois não se entra na casa de ninguém sem licença.

O coronel podia irar-se, e com razão.

Mas não foi o que aconteceu.

Não demoraram a encontrar o velho.

Ele estava sentado em um cadeira bonita, trajando a mesma roupa de linho da visita ao pouso, aquela que fora branca, com o mesmo chapéu na cabeça.

Segurava uma bengala, porém não havia dúvida de que estava morto.

Mas não fedia.

Embora jazesse macilento, da cor da merda serenada.

Tinha o olhar assustado e o corpo muito frio, pois Enercino pôs a mão na testa e segurou no pulso dele, enojado.

O esquisito é que estava com a boca arreganhada, de onde saiu uma aranha, o que fez Joaquim João vomitar, ele que tinha medo de aranhas.

Era uma aranha marrom, que depois ficou um tempo parada na lapela do coronel, como uma flor hedionda.

Os homens exploraram os outros cômodos da casa, encontram um negro morto, deitado em uma esteira, com a expressão assombrada. Ele também não fedia.

Não havia mais ninguém.

Vivos apenas as galinhas, os perus e os capotes, que fitaram os visitantes como se fossem os donos da casa e, na condição de proprietários, quisessem saber quem teria dado autorização para que aquele par de atrevidos os fosse perturbar.

Os desaforados, no entanto, vasculharam tudo e depois de discutirem o que fazer resolveram enterrar os velhos à sombra de uma aroeira, que ficava a pouca distância da casa.

Fizeram o serviço sem gastar latim, e só quando voltavam para o pouso, para dar a má notícia a Alírio, o único que se importou com o velho, Joaquim João gracejou para afastar os maus pensamentos:

— Enercino, nós viemos aqui pra caçar uma onça e casar com uma moça bonita ou enterrar gente?

— Pense bem e não rezingue, é melhor enterrar do que ser enterrado.

[XXIV]

Ao saber das novidades Alírio falou como gente, disse que Coronel Romão não era má pessoa, por isso Joaquim João perguntou:

— São seis os coronéis da ribeira?

— Agora são três.

E, depois de pensar um pouco, prosseguiu:

— O mais valente a onça matou logo, Vituriano Galvão. A onça matou ele e o filho, Nuno, rapaz direito que sangrou até morrer e morreu no mesmo dia do pai. Já o mais amostrado, Coronel Diolindo, que vivia pra baixo e pra cima com uma ruma de cabras, armado até os dentes, quando o jucá vadiou foi o primeiro a fugir; quer dizer, fugiu meio doido porque, enquanto batia a ribeira atrás da perversa, Oncina atacou a Cacheada, que só existia mesmo pelos cuidados de Dona Branca, mulher dele. Mas o que uma mulher e mais os velhos e meninos que ficavam na fazenda puderam fazer quando a onça chegou sem ser convidada?

Coisa nenhuma.

A bicha malvada matou Dona Branca, matou Mariana, filha do coronel, que nem mocinha era ainda, e comeu Olegarinho no berço.

O coronel, quando tomou ciência de tudo, fugiu, nem enterrou o que sobrou da gente dele.

A casa onde ele entrou, me disse Antõe Menino — um dos peito-largo que andava mais ele em correição e que ficou por aqui por algum tempo, até a onça comer ele também —, era bem dizer um matadouro. Era sangue, miolo, tripa, pedaço de pé e de braço.

Bicha assassina.

Ô tristeza.

Alírio respirou fundo e pareceu que ia confessar alguma coisa, depois que ia dar a conversa por finda.

Mas continuou:

— Agora, com a morte de Coronel Romão, resta Coronel Guido, que faz o que pode pra matar a bicha; Coronel Paulino, que pôs as filhas na prateleira e não sai de casa "mode" proteger as meninas. Não se fie nele não, viu. E o Barba-Azul, que não deixa a fazenda nem que o mundo acabe.

— Por quê? — perguntou Enercino.

— Tem ciúme da mulher. Casou quatro vezes, sem contar as raparigas que mantém na fazenda. E, como ninguém viu nenhuma morta e enterrada, o povo diz que ele prende as infelizes. Ele, mais Rosa Rita, mãe dele, uma velha tão feia que faz medo até ao cão.

E, como não faltava coronel, Alírio foi embora caçar o que fazer, mas antes de ir cobrou:

— Enterraram o homem direito, seus cabras?

— Enterramos, Alírio, fizemos tudo bem-feito.

— Rezaram pelo menos um pai-nosso, uma ave-maria, um Glória ao Pai?

— Rezamos.

— Coronel Romão merecia.

[XXV]

Depois de muitos dias percorrendo a serra sem encontrar a onça, Enercino achou por bem tocaiar a bicha pela madrugada, pra ver se Maria Medonha subia a serra pra dormir.

A serra era grande, mas as locas mais escondidas, onde homem algum podia chegar, ficavam em certa parte, conhecida por "castelo", abaixo do qual os amigos montaram guarda e depois de três dias tiveram sorte e puderam, sem ser vistos, ver a onça de perto.

Passaram mais uns dias tocaiando.

A onça não chegava sempre pelo mesmo caminho, mas ia para o mesmo trecho da serra, o castelo, e Enercino teve uma ideia: flechar a onça.

— Como flechar a onça, Enercino?

— Um homem escondido naquela barroca. Outro escondido no pé pau pra avisar da vinda. A onça vez ou outra vem por ali.

— A onça logo vê o homem.

— Vê não, é esperar ela dá o pulo e flechar de baixo pra cima.

— Como não vê? Como não vê? Meu menino tá merendando bosta e eu não sabia, é?

— Se o homem tiver deitado de costas ela não vê.

— Então me responda, meu amiguinho, como é que um homem vai flechar a malvada, deitado de papo pra cima, sem estourar o cotovelo?

— É só sustentar o arco com o pé e atirar. Repara. — Enercino deitou no chão e explicou como fazer.

— Mas isso é possível?

— É. Tem uns caboclos que vivem lá perto da minha terra que caçam avoantes assim.

— E o arco e a flecha?

— A gente põe veneno na flecha.

— Vou falar devagar pra tu compreender. Onde a gente acha o arco, a flecha e o veneno?

— Veneno com Sá Jérica. Arco e flecha com Chico Chato. Ele não faz tudo?

— Diz que faz, mas me diga agora como é que a gente paga, meu nego?

— Com a fama. Ele vai fazer a arma que matou a onça.

— É, né, não custa nada tentar. Mas o homem é doido.

Foram naquela dia mesmo procurar o doido, mas quase que ficam enfeitiçados por Maria Judia e Maria Cigana, que viram de relance; porém não ficaram, e João das Quengas os levou até o aleijado.

Enercino explicou tudo.

Joaquim João explicou também.

João das Quengas fez o mesmo, mas não aguentou o ar de indiferença e desprezo do doido e foi embora.

Chico Chato olhava os moços como se olhasse para um, um não, para dois pedaços de bosta seca, depois começou a gritar:

— Faço não. Já dixe que não faço. Faço não. Vão embora.

Se bem que ainda não tivesse dito nada.

Joaquim João não se deu por vencido pôs mel na voz e usou o argumento que eles reservaram para o final, já que ia servir de pagamento, embora João das Quengas tivesse informado que o doido não aceitava dinheiro, só comida e cachaça.

— Pense bem, Chico, tu vai ser conhecido em toda a ribeira como o homem que fez a arma que matou a onça. Vai vir gente do mundo inteiro te chaleirar.

O doido ficou quieto.

— Não deve ser difícil.

Falou Enercino e quase pôs tudo a perder.

— Difici? Fazê eu sei, já tá é feito na minha cabeça.

E bateu com o dedo na cabeçorra. Depois continuou:

— Só que eu não quero fazê. Tirá daqui pra qui.

E bateu o dedo indicador na cabeça e depois na palma da mão direita e ficou calado.

Pra continuar a conversa, Joaquim João, que percebeu que ele tinha batido o dedo na mão direita, disse:

— Tu é canhoto?

— Canhoto?

— Tua mão boa é a esquerda?

— Minha mão boa é as duas mão.

Depois deu um pulo e começou a andar de um lado pro outro e a falar como se estivesse choramingando.

Os amigos não entenderam nada, até que ele falou mais claramente:

— Faço. Faço. Faço que já quero fazê. Me explica de novo. É arco pra um homem atirar deitado de costa?

— É.

Falou Enercino e explicou tudo e ficou de costas, na posição de atirar a flecha, depois disse:

— Tem as flechas também.

— Eu sei. Quantas?

— Mais de uma pra mode a gente treinar antes de tentar matar a onça.

— Tá, tá vão embora. Vão embora.

— A gente não tem como pagar.

— Tem nada não. Vão embora que tá pago.

— Mas como é que a gente vai saber que tá pronto?

— Eu vou lá no pouso. Vão embora, vão embora senão eu não faço.

Os homens saíram de lá pulando de alegria e foram tentar "conversar" João das Quengas para dar umas chineladazinhas, mas quando confessaram a falta de cobre ele disse:

— Oxe, e quem já viu rapariga dá o tabaco por caridade.

Joaquim João bazofiou:

— Eu elas recebem. Enercino não, que é feio e raciado com negro. Agora eu...

João das Quengas riu, depois fechou a cara e encerrou a conversa:

— Tome tenência, rapaz, e tome seu rumo também.

Os dois foram embora.

Mas, antes que montassem, Chico Chato apareceu caxingando e falou:

— Quem vai atirar?

— Como assim? — perguntou Joaquim João.

Enercino compreendeu e respostou:

— Eu vou atirar.

— Deixa eu ver?

— O quê?

E olhou Enercino de cima a baixo, principalmente as pernas, depois os braços. Ficou olhando e depois falou:

— Já sei. Agora dexa eu ver as mão.
Chico Chato examinou as mãos de Enercino e por fim perguntou:
— Tu é forte?
— Sou.
— Forte como?
— Como um vaqueiro dos bons.
— Tá certo. Eu vou fazê. Vou fazê.

Empurrou o peito de Enercino e depois o de Joaquim João e voltou pra casa onde morava, que mais parecia que era um barracão, comparada com as outras, e, claro, sem se despedir.

Os homens montaram e comeram com os olhos as mulheres, que apareceram na porta de casa pra ver o que Chico queria com os rapazes e para ver os rapazes também.

Os olhares foram tão cúpidos que João das Quengas gracejou:
— Olhar assim eu cobro.

E uma das mulheres, Maria Cigana, justo a que mais agradou Joaquim João, gritou:
— Mate a onça que eu te deixo entrar.
— Ela tá morta e não sabe — gabou-se o rapaz e sorriu.

No caminho, ainda inconformado, perguntou a Enercino, que, carrancudo, pensava na onça e não queria ser perturbado:
— Pra que João das Quengas quer dinheiro aqui?
— Pra socar no rabo.

[XXVI]

Enquanto o arco e as flechas não ficavam prontos, Enercino e Joaquim João partiam muito depois dos outros valentes para tocaiar a volta da onça, que tornava pra toca de madrugada ou de madrugadinha, por isso estavam no pouso quando

Zacarias, melhor atirador da fazenda Boa Noite, veio falar com Alírio e disse, sem fazer alarde, mas sem fazer caso dos homens ainda deitados na rede:

— Coronel mandou dizer que avise a Pei-Bufo pra não deixar a doida ir pra fazenda dele. Ela quer falar com Constança e o coronel não quer que ela fale.

E foi embora sem esperar a resposta de Alírio, que fazia semanas não via Pei-Bufo.

Como não pôde deixar de ouvir o que o homem falou, Joaquim João perguntou:

— Alírio, o que é que Pei-Bufo tem a ver com a doida?

E Alírio, pela primeira vez sorridente, tirou o peso da voz e respostou, sonso:

— Sei não. Vai ver quer aprender a montar em pelo.

Enercino riu e Joaquim João falou:

— Homi, se Dona Criminosa sabe de uma coisa dessas, come os ovos dele com fava.

E Alírio, outra vez, ronceiro:

— Avise a ela.

— Eu? O cão é que avisa.

[XXVII]

— Mas repara mesmo — disse Alírio e não falou mais nada.

Eram quatro horas da tarde, e, picados de curiosidade, os homens deixaram as redes e foram espiar a estrada para ver a novidade.

Um homem montado em um cavalão de fazer medo a touro, com as mãos faiscantes de anéis, vinha a passo.

O alazão parecia que estava rebolando. O homem também.

Bem armado.

Sorridente.

Barbudo.

Chegou diante do rancho, levantou a aba do chapéu e perguntou:
— É aqui que trocam onça morta por moça bonita?
Alírio respostou:
— É. Mas o bicho é brabo.
— Brabo sou eu.
Riu e continuou:
— Tem algum lugar onde eu possa matar o bicho e brincar de esconder a peia?
O velho indicou a direção do baixio dos Doidos.
E o homem, antes de partir, falou:
— Me chamo Miliquinhento.
Tocou no chapéu e se foi cantando:

— Minha gatinha parda
Em janeiro ela sumiu.
Quem roubou minha gatinha?
Ninguém sabe, ninguém sabe, ninguém viu?
Viu?

Os valentes desataram a rir e Alírio falou:
— Um homem tão moço, tão alegre, tão satisfeito, veio morrer logo aqui.
E, voltando-se para Joaquim João e Enercino:
— Pelo jeito ainda vão servir de coveiros por um bom tempo.

[XXVIII]

A onça saía da serra da Cruviana e voltava pra serra da Cruviana, era verdade, mas vagava por toda a ribeira e começou a aparecer na mata da Trança, no lajedo do Cavalo Branco, nas imediações do mocambo de Pedro Papacaça e até na chã do Calafate, onde já não morava ninguém, porque lá ela fez o serviço completo.

Por isso os valentes se distribuíram por aquelas bandas, com exceção de Prinspo e Namorado, que estavam quase perdendo a "carta de brabeza" porque ninguém acreditou muito na história de matar a onça deitado em uma barroca.

Porém, naquela noite de lua minguante de escuridão quase completa, os valentes já escolados, não viram a onça.

Foi bem pior. Viram o cavalo.

Primeiro escutaram o galope:

— Quetepum, quetepum, quetepum.

Depois puderem enxergar aquele esparrame de beleza, pois o que enxergaram foi um cavalo feito de luz.

O animal mais bonito que já existiu.

Era como ver um cavalo dentro do sonho.

Porém nem os mais antigos sabiam explicar por que tinha gente que via o cavalo e encontrava sossego pra vida inteira e tinha gente que, diante de tanta formosura, se sentia sujo como o filho de uma que ronca e fuça e enlouquecia, e foi esse o caso de Canino, que, assim que viu o bicho encantado, saiu em desabalada carreira, porque pensou que não merecia enxergar tamanho encanto ou pensou coisa muito diversa que ninguém acerta pensamento de doido.

Mas foi ainda pior pra Come-Facas, porque os três homens que ainda o seguiam e a quem Alírio chamava, à boca pequena, de "os pangarave" ou ainda os "Zé Molambo", porque não fediam nem cheiravam, resolveram ir embora.

Come-Facas ameaçou matá-los, e eles poucos se importaram e partiram resolutos para a serra do Amém, onde nascia o rio da Brígida.

O valentão não pôde fazer nada a não ser mexer a cara enquanto Valderedo, Quinca e Ludugero partiam com aquela expressão feliz de mulher saciada.

[XXIX]

Quem trouxe a novidade foi Cara Troncha, que foi se aliviar no baixio dos Doidos.

Veio a galope só pra contar.

Foi entrar no rancho e dizer desodorado:

— A brabeza do homem durou uma noite só.

— A brabeza de quem, Cara Troncha? — indagou Alírio.

— De Miliquinhento.

— Não diga.

E todo mundo que estava no pouso se aproximou do fuxiqueiro ou apurou as oiças.

— Digo, vim correndo pra dizer. O homem tá que é um desmazelo. Veste saia e varre o chão.

— É nada! Como foi isso?

— João das Quengas disse que ele chegou lá se fazendo de bichão. Bebeu, comeu, arrotou, cuspiu longe, bateu na mesa e dormiu logo com as duas chineleira. Acordou, comeu de novo e como foi bem tratado por João, com aquela falinha mansa dele de quando quer agradar, achou que babado fosse bico.

— Entonces?

— Entonces disse mais ou menos assim: "Mestre". Só chamava João de mestre. "Mestre, eu vou ficar com a casa e com as quengas. Se achar ruim a gente resolve como homem. Na bala ou no braço?"

"João sorriu, sonso, ronceiro igual ele, e respondeu: 'Por mim é no braço'.

"Aí os dois saíram pra beira do rio, desarmados.

"As putas foram atrás e até o doido, quando viu o que tava pra acontecer..."

— Foi olhar?

— Não, ficou fazendo as doidices dele, mas avisou a Miliquinhento de onde tava: "Homi, tu se lasca".

— Isso é goga de João.

— Eles chegaram na beira do rio e começaram os arrodeios, os negaceios, as mogangas, até que João, passado na casca do alho, adivinhou que o bichão não era de nada e desceu o braço. No primeiro tabefe o atrevido perdeu logo dois dentes e, quando levou uma pancada no pé do bucho, amunhecou, e aí foi cacete com as duas mãos.

— Mas foi muito?

— Foi. Diz João que ele perdeu o entendimento; aí malino, malvado, pelvélcio, João foi até a oficina de Chico Chato e pediu uma tora de pau. Chico disse: "Pode pegar". Ele pegou a mais pesada e voltou e ficou pastorando o homem até o infeliz acordar. Quando acordou foi ainda todo prepotente. João diz que ele falou assim: "Pago pela comida, pela bebida, mas não pago pelas quengas porque se não tivesse me aliviado...". E não disse mais nada porque João falou que se encheu de uma raiva tão grande, tão da moléstia, que começou a bufar e ele, que já queria bater, bateu com mais gosto ainda, até que o bichão pediu por tudo que era mais sagrado pra inda ver a luz do sol.

"Disse mesmo assim, repara, e isso de joelho no chão e mão pra cima: 'Pelos peitos em que o Capitão-Major mamou, me deixe viver, me deixe viver por amor de Jesus', e João respondeu: 'E ainda fala nos peitos de minha mãe, seu cabra safado, eu vou arrancar a sua língua pelo cu'."

— Isso é mentira de João.

— Deve ser, mas João disse que o bichão começou a tremer como se tivesse com maleita. Tremeu tanto que passou a raiva dele, até porque foi mandando o presepeiro tirar os anéis e ele tirando, a roupa do corpo e tudo mais que ele trazia, e ele tirando, depois disse que ia ficar com o cavalo e fez ele de peniqueira.

— Ele se sujeitou? Um homem? É o fim das eras. Eu preferia morrer — falou Alírio.

— Mas ele não. Tá tão sestroso. É roncha por tudo quanto é canto, e o beiço tá tão crescido que nem se ele tivesse sido picado de mangangá tava tão grande. E tem mais: João ficou com o fuzil dele, disse que nunca viu igual. Quem quiser comprar...

E o leriado e a latomia não acabou tão cedo.

Cara Troncha teve que repetir a história pra quem chegou depois, e os homens ainda passaram um bom tempo digerindo e glosando a novidade, debicando da má sorte de Miliquinhento.

Alguns prometeram fazer uma visita e só depois foram dormir ou caçar o que fazer.

[XXX]

Dona Criminosa chegou aperreada e procurou Cara Troncha, mas Cara Troncha não estava no pouso e, como há certas coisas que a gente precisa falar pra não morrer, ela foi atrás de Joaquim João e Enercino, que tinham voltado da serra da Cruviana, onde continuavam pastorando a onça.

Se acercou deles como menino pidão, até que falou:

— Viram Ivone?

— Não. A última vez que vi foi quando a senhora foi deixar a merenda.

Dona Criminosa não gostou da lembrança.

Enercino falou:

— Aconteceu alguma coisa com ela?

— Aconteceu.

— Não me diga que ela ficou feia? — disse Joaquim João.

Dona Criminosa não gostou outra vez e respostou:

— Tá feia não, tá buchuda.
— É mesmo?
— É. E eu tenho pra mim que não é da onça.
— A onça é fêmea.
— Pois é. Na serra da Cruviana ela não apareceu, apareceu?
— Apareceu não. Falo da mulher, a onça apareceu — disse Enercino, levantando o sobrolho e se preparando para qualquer coisa.
— É que eu vou matar o pai do menino. Basta saber quem é.
— Por que não pergunta a ela?
Dona Criminosa se pôs de pé e disse:
— Eu vou perguntar.
E foi embora.
Enercino falou:
— Ela já sabe quem é. Sempre soube. Tá matutando como dá fim a Pei-Bufo.

[XXXI]

Porém passaram-se os dias e Dona Criminosa nada fez até que, naquela manhãzinha, as coisas se precipitaram.

Joaquim João e Enercino voltavam mais uma vez da serra da Cruviana, sem conseguir ver a loca onde a onça se metia, mas com a certeza de que era ela que sempre voltava para o castelo, de madrugadinha, e logo perceberam Chico Chato, que se aproximava do pouso, arrastando-se.

Chegaram antes dele e ficaram esperando.

O doido assim que entrou no rancho pediu água a Alírio, que respondeu de maus modos.

— O pote tá ali. O caneco também. Vá buscar.

Ele foi e, antes que Joaquim João perguntasse, respondeu:

— O arco tá pronto, as flechas termino hoje. Vá lá pegar amanhã.

E não quis saber de conversa porque foi procurando Dona Criminosa com os olhos, mas sem chamar por ela.

Achou e foi coxeando pra lá.

Dona Criminosa não queria vê-lo, mas não teve como se esconder. Ele ficou parado diante da rede dela. Ela finalmente falou:

— Que foi, Chico?

— Pei-Bufo qué falá com a senhora.

— Onde?

— Na cacimba da Doida.

— Quer falar o quê?

— Sei não, senhora.

— Quando?

— Hoje. Diz que é urgente. Que é sobre Ivone.

Dona Criminosa ficou calada e Chico disse:

— Tá dado o recado.

Ela o olhou agastada e ele foi embora.

Ela se pôs de pé e preparou-se para sair.

Cara Troncha fez o mesmo, mas ela disse:

— Eu vou só.

E não precisou falar duas vezes.

Assim que saiu chegou Quinzote, apeou do jumento em que vinha montado e disse, sem cumprimentar ninguém:

— A onça atacou o sítio. Matou os meninos.

— Como foi isso?

— Sei não. Dormi na fazenda de Coronel Paulino. Cheguei lá e me mandaram avisar.

— Foi Sá Jérica que mandou?

— Foi não, Sá Jérica tá rezando os meninos. Foi Valões.

Os homens se levantaram imediatamente, pois era quase um ditado: "se foi Valões que chamou, a coisa era feia".

Joaquim João e Enercino pensaram em perguntar a Cara Troncha quem era Valões, mas ponderaram que não era a hora.

Todos partiram para o sítio de Pedro Papacaça, em silêncio, como alheados de si, principalmente Cara Troncha, que estava com o pensamento em outro lugar.

Ao entrarem no semicírculo do mocambo, viram apenas um velho de olho azulado.

Quinzote disse:

— Pai Noco cuida dos cavalos. Venham comigo.

O rapaz não permitiu que ninguém o contradissesse e foi caminhando em direção a uns pés de árvore que, depois todos souberam, escondiam um roçado de macaxeira, a que se seguiram muitos dendezeiros, depois dos quais havia uma fileira de casas.

Quinzote entrou na primeira delas, da qual saiu um negro enorme, se abaixando; era Miguelão, que disse:

— Entrem, ele não pode sair.

Foram entrando um a um.

O lugar era mais amplo do que se podia imaginar estando de fora.

Depois que todos entraram, Miguelão entrou também e acordou Valões:

— Estão aqui.

O homem, que era muito alto e muito negro, ao contrário da maioria da gente do sítio, que era raciada com caboclo, perguntou:

— Cadê Dona Criminosa?

— Foi cuidar da noiva —falou Come-Facas.

Valões sorriu. Não achou que seria tão fácil confirmar as intuições de Sá Jérica.

— Que foi? — perguntou Pedrinho do Beiço Lascado, que estranhou o sorriso. Pedrinho quase não falava porque falando mostrava mais o aleijo.

Ao contrário do sorriso, a resposta não demorou:

— Ivone tá buchuda. Quem embarrigou ela?

— Pei-Bufo — respostou Come-Facas.

— Entonces tá explicado. A onça soube e tá farejando o menino. Achou que era alguém daqui e matou as crianças pra se vingar. Chegou malestrosa, calada. Matou os bruguelos quando eles se banhavam na nascente do riacho. Atacou ainda dia claro. Quando eu e Miguelão demo fé, ainda tentamo emboscar, cortando o caminho dela, mas não conseguimos nada. Quer dizer, levei foi uma patada no peito.

— Eu não entendo — falou Come-Facas, enquanto o homem respirava fundo, puxando o ar.

Pedrinho do Beiço Lascado explicou:

— Aqui na ribeira, desde que a onça apareceu não nasce menino. E os que nasce ela mata. Os meninos que tinha era os daqui, mas não cresciam nem com o corpo, nem com a cabeça.

Miguelão, que tinha uma voz de badalo de sino, falou pela segunda vez:

— Nunca reparou que aqui ninguém fica velho?

E prosseguiu:

— Os velhos, como Alírio, já eram velhos quando a onça apareceu.

Pedrinho do Beiço Lascado falou de novo:

— Sá Jérica quer que mate a doida?

Valões respostou:

— Não, quer que mate a onça. Diz que a onça não mata doido nem donzela e que vai matar sem parança até o menino nascer. Quando o menino nascer, mata o menino também. Se ele não for doido.

— Cadê Sá Jérica? — perguntou Come-Facas.

Miguelão respondeu:

— Tá rezando os meninos.

E Valões continuou:

— Quando eu me recuperar, saio daqui e ajudo a caçar a onça, mas agora preciso de ajuda. Aqui só tem mais é velho e mulher, agora que os camoninhos morreram. Elesbão tá com Coronel Paulino. Preciso de alguém que ajude Miguelão até eu me pôr de pé. A onça não ataca o mesmo lugar duas vezes encarreirada, é regra lá dela. Mas a perversa pode mudar de procedimento. Dizem que na chã do Calafate ela atacou e só matou um homem. Duas noites depois tornou pra acabar o serviço.

— Eu fico — disse Pedrinho do Beiço Lascado.

E como os valentes já não tinham mais nada a fazer ali, Quinzote puxou a fila.

Quando chegaram à entrada do mocambo, os cavalos não estavam amarrados, mas permaneciam muito quietos e Pai Noco parecia que conversava com Bangalafumenga, animal de Enercino; por isso, antes de entregá-lo ao dono, disse:

— Cavalinho bom assim eu nunca vi. Como que é o nome dele?

— Bangalafumenga.

— O nome é mais comprido que o bichinho. Ele não é dessa ribeira, é?

— Não, é de Carinhanha.

— Onde fica isso?

— Nas margens do São Francisco, perto das Minas.

— Tu veio de longe, hein, zambo. Tem medo de onça?

— Tenho não.

— Pois devia ter.

E o velho riu, com todos os dentes ainda na boca.

[XXXII]

Quando Cara Troncha viu João das Quengas esperando, logo depois da mata da Trança, no caminho mais curto que leva ao pouso, soube o que tinha se passado e galopou até o homem. Os outros valentes fizeram o mesmo.

— Como foi?

— Só sabe mesmo Pei-Bufo.

— Onde é que ela tá? Na cacimba?

— Não, Pei-Bufo arranjou um carro de boi e levou ela pro cemitério do Angico.

Come-Facas falou:

— Ela, a onça não matou.

— Ele disse que não queria matar, mas quando contou que era o pai do filho da doida, ela chamou ele na faca.

— Foi a traição. Dou minha vida se não foi — disse Cara Troncha.

— Ele disse que podiam enterrar ela depois do angico. Valente ela era. Merecia pelo menos isso.

Come-Facas aquiesceu, e todos seguiram para o cemitério.

Não ia haver cantoria, e Dona Criminosa bem que merecia. Era o que todos pensavam. Merecia ter morte de valente, ser comida por onça e não morrer esfaqueada por um trupezupe que se amofinou.

Antes de chegarem ao cemitério, avistaram Chico andando de um lado pro outro, de um lado pro outro, pastorando o cadáver.

Quando todos chegaram, Cara Troncha, que tinha um corpo de pilão, retirou Dona Criminosa do carro de boi como se ela fosse uma menina; enquanto isso, sem dizer nada, Joaquim João e Enercino começaram a cavar, o mais perto possível das sepulturas dos valentes, a cova da "mulher".

Depois de retirá-la do carro, Cara Troncha não sabia mais por que fizera aquilo. Não queria deitá-la no chão. Por isso voltou a pôr a defunta no carro de boi e foi tirando dela tudo de que ela não mais precisava.

Chico perguntou a João das Quengas:

— Posso ir? Posso ir? Gosto de vê isso não. Dona Criminosa parece um calunga. Faz pena.

— Pode ir, João.

E João foi, caminhando, aparentemente depressa demais para um aleijado.

Só se ouviam as batidas das ferramentas na terra, a terra sendo sacudida e o rilhar de dentes de Cara Troncha.

Até que Lelo Sete Mortes cuspilhou e todos leram o pensamento dele, menos Cara Troncha, por isso quase todos o olharam com ar ameaçador, razão pela qual ele não disse nada.

Joaquim João e Enercino terminaram de abrir a cova e ficaram em silêncio, esperando.

Come-Facas caminhou para Cara Troncha, pôs a mão no ombro dele e disse:

— Chegou a hora.

Ele passou o dedo pelo bigode ralo de Dona Criminosa, fez força pra não chorar e a ergueu como uma criança.

Com o mesmo cuidado com que pai de filha pequena carrega a menina adormecida até o berço, Cara Troncha levou Dona Criminosa até a cova, e Joaquim João e Enercino começaram a cobri-la com um lençol de terra quente.

João das Quengas chegou com uma cruz tosca de espinheiro e fincou na cova.

Todos se calaram para uma breve oração, depois da qual Cara Troncha saiu correndo para o cavalo, mas, antes de partir, jurou Pei-Bufo:

— Vou matar aquele amarelo. Pode escrever. Tenho pressa não, mas vou matar. Pode dizê a ele.

E partiu.

[XXXIII]

No pouso beberam por Dona Criminosa, até Alírio bebeu e logo foi se chegando à rede de Prinspo e Namorado e, depois de muito arrodeio, falou:

— Ela só não matou mais que a onça.

— A doida?

— A doida. O pai deixava ela presa, a pão e água, na torre da fazenda e ela ficava cada dia mais bonita, um dia fugiu. Enganou até a bruxa da vó.

Fugia sempre e ficava zanzando nua por aí, arrancando os pelos, sem saber por que nascia. Beliscando os peitos. Até que foi furada.

— Não foi Pei-Bufo?

— Que Pei-Bufo o quê? Tá certo que ainda foi donzela algum tempo. Os homens tinham medo do coronel, que até hoje é um ferrabrás. Porém uma mulher daquela dizendo: "Vem cá, meu sinhô". Nem o diabo resiste. Diz que quem furou ela foi o padre. Deve ter sido.

— Era padre mesmo?

— Era nada. Se fingia de beato. Era estrangeiro. Chegou com outro, Tiberge. Um se disse padre e o outro sacristão, e foram engabelando o povo. Quer dizer, o povo queria se enganar. Mas aí veio a onça e ele começou a acreditar que tinha fé. Fazia procissão pra afastar o mal, novena. Fez a presepada dos espantalhos.

— E se perdeu por ela?

— Dizem que ela foi procurar ele na igreja, toda manhosa, e lá mesmo deixou de ser moça. Nesse dia ele tinha voltado de uma visita à chã do Calafate.

— Foi fazer o que lá?

— Abençoar o arruado pra afastar a onça. De noite, uma chuva desgraçada; a onça atacou os camumbembe de lá. Não deixou vivalma, e ele no bem-bom. Abocetado.

— O povo não fez nada?

— No dia seguinte, quando ele soube, foi até lá. Voltou pra não viver. E não viveu mesmo não. Procurou um pé de pau e pôs a corda no pescoço.

— E o outro?

— Tiberge foi embora. Mas dizem, e disso nem tu, nem tu sabe...

E furou com o dedo o peito dos dois homens, riu e continuou, levantando-se da rede de Enercino, onde estava sentado:

— Da Ribeira da Brígida ninguém sai. É pôr os pés pra fora e virar pó. É arte da onça.

— O jeito é matar ela então — falou Enercino.

— Pois é — disse o velho. E completou: — Eu quero ainda tá vivo mode vê. Diz que é matar a onça e o mundo acabar.

— Quem diz? — perguntou Joaquim João.

— Todo mundo. É coisa que nasce na cabeça da gente que nem cabelo.

E foi embora.

Os homens se entreolharam e sorriram, para não deixar o medo tomar conta da noite que estava por chegar.

[XXXIV]

Joaquim João e Enercino chegaram ao baixio dos Doidos ansiosos, mas, por dever de educação, foram dar bom-dia a João das Quengas.

Miliquinhento se escondeu.

Depois seguiram, acompanhados pelo curioso, para o barracão de Chico Chato, que estava feliz e ficou ainda mais

quando Enercino quedou-se maravilhado ao receber arco e flechas e surpreendeu a todos quando disse:
— Bora?
— Bora pra onde?
— Bora vê se presta.
E foram os quatro para a beira do rio testar a arma.
Enercino demonstrou como os caboclos brabos faziam.
Deitou-se de costas para o chão, segurou o arco com os pés erguidos e atirou a flecha, e como tudo que sobe desce, quase acerta João das Quengas.
Naquele dia praticaram pouco porque o sol estava de cozinhar gente, mas prometeram voltar na manhãzinha do dia seguinte.
O que fizeram.
Mas naquele primeiro dia mesmo, ao voltar para o pouso, reuniram os valentes para explicar o plano.
Come-Facas quis ver o lugar da armadilha.
Não houve quem não aprovasse o planejado. Parecia tudo perfeito para a emboscada, a baixada em que Enercino esperaria a onça; a pedra grande que servia de trampolim para a bruta alcançar a parte mais íngreme da serra e o pé de pau em que Joaquim João ia se esconder para dar o aviso, se fosse necessário, e atirar na bruta, se conseguisse.
E, como desta vez quem conhecia melhor o terreno eram Prinspo e Namorado, foram eles que indicaram o lugar mais conveniente para que os outros se escondessem e assim pudessem tentar pegar a onça, caso ela tentasse escapar da armadilha.
Dois dias depois, João das Quengas quis conhecer o lugar da arapuca e pensou que agora os homens teriam uma chance verdadeira contra a fera, por isso entregou a Joaquim João o rifle de Miliquinhento, que era mais fácil de manusear.

Para espanto de João das Quengas o rapaz já sabia atirar com ele e disse:

— Mas é um Mauser. E eu que pensei que fosse um Mannlicher.

— Mani o quê?

E a fama do rifle do amostrado chegou agigantada não ao pouso, onde já se conhecia a história do "cigano", mas nas fazendas e no mocambo de Papacaça.

Já os valentes iam ver os exercícios de Enercino com o arco de pé e ficavam admirados.

Certo dia, eles já tinham voltado de lá quando um negro quase cego, que andava a cavalo como se enxergasse melhor que qualquer um, foi até o pouso e entregou ao "rapaz do arco" um cornimboque com uma pomada e depois disse:

— É um regalo de Sá Jérica.

— E o que é? Meizinha pra o caso de a onça me pegar?

— Não, é veneno. Ela disse pra passar nas pontas das flechas. Mas não passe se tiver com o dedo cortado, porque o veneno se espalha pela massa do sangue e mata logo.

— Diga a ela que eu agradeço muito.

— Digo, sim.

— Como vai Pedrinho?

— Disse que só não volta porque Valões teve uma piora grande. Mas Sá Jérica falou que não é desta vez que ele morre.

E foi só o que disse Birica, que era o apelido do velho, cujo nome ninguém sabia, mas Birica soava estranho, porque fazia pensar em rapaz.

O velho que não se conjuminava com o nome foi embora esquipando, e parecia feliz.

O entusiasmo crescia na ribeira.

Coronel Guido mandou Cancão desejar boa sorte, e o homem da pedra mandou Pedro Celestino assuntar pra saber se tinha alguma chance de casar a filha.

Canino, que estava meio escabreado, depois de ter corrido do Cavalo Branco e não ter enlouquecido sem remédio, esqueceu de ter inveja e se aproximou dos rapazes, e até Balduíno Sete Palmos, que quase não falava, disse:

— A onça agora se lasca.

Porém o mais estranho foi ver, certa madrugada, Pei-Bufo e Cara Troncha chegarem juntos ao pouso.

Cara Troncha foi dormir, e Pei-Bufo, que sentiu a hostilidade de todos, pouco ficou por ali, mas justificou-se:

— Eu estou com Ivone na Igreja. Na sacristia. Lá a onça não entra. Cara Troncha me culpa pela morte de Dona Criminosa, mas eu não ia deixar ela me matar. Fiz um acordo com ele. Assim que o menino nascer venho aqui e luto de homem pra homem, de faca e de mão.

E, falando para os rapazes:

— Espero que matem a onça.

E foi embora vexado, corrido pelos olhares dos valentes.

[XXXV]

Não demorou muito para que Enercino asseverasse que pegou o jeito.

Os homens abriram um sorriso de satisfação e, naquela noite mesmo, armaram a emboscada, em que a onça não caiu.

Não caiu nem na primeira, nem na segunda, nem na terceira noite.

Mas na quarta fez tudo como Enercino queria; chegou até a pedra de onde pulava e saltou sem cuidado.

Enercino calculou bem e atirou na hora exata.

A flecha furou o bucho da fera, de baixo pra cima, e Joaquim João acertou pelo menos uma bala, no pé do ouvido da tirana, que urrou assustando os bichos noiteiros, mas conseguiu alcançar o castelo e, cai não cai, escapou.

Deixou um rastro de sangue verde que brilhava no escuro.

Era muito sangue, por isso Canino, pra provar que era mesmo valente, escalou o paredão, que era mais tombador que outra coisa qualquer; foi subindo vagaroso, como um gato, pra acabar o serviço. Mas pra subir até o castelo carecia habilidade e força; habilidade ele tinha, mas a força faltou, e o afoito caiu de uma altura da qual nenhum cristão sobrevive; foi cair justo em um socavão estreito, que mal se podia distinguir.

Resgatar o corpo era três vezes impossível.

Enercino mordeu a língua de raiva, Joaquim João engoliu o choro, se lamentando de com arma tão boa não ter conseguido atingir a bicha mais vezes, mas Come-Facas ponderou:

— Ela perdeu sangue demais. Quem sabe morre. Não esqueça o veneno de Sá Jérica, mas, se não morrer, vem atrás da gente no rancho, que Oncina é bicho aleivoso. Agora vamo rezar por Canino.

Rezaram e partiram cabisbaixos. Ao se aproximarem do pouso encontraram Chico Chato num pé e noutro, babando de tanta gastura por saber o que se tinha passado. Enercino respondeu:

— Sangrei ela, Chico. Joaquim acertou pelo menos uma bala. Ela urrou de fazer medo, mas conseguiu subir a serra. Pra mim não morreu.

— Foi por um cabelinho de sapo. Se eu tivesse acertado outra bala... — falou desconsolado Prinspo.

— Tirana. Tirana. Tirana. Mas vô fazê uma arma capaz de matar ela, deixa eu pensá um bocadinho e eu faço. Eu faço.

Segurou a cabeça com as duas mãos e foi caminhando pra casa.

João das Quengas, Elesbão, Quirino Cancão e Quinzote, que saíram do pouso para ouvir o que os valentes conversavam com Chico, se lamentaram apenas com gestos e foram embora sem saber como consolar os rapazes, pois faziam fé que daquela vez levariam boas notícias. Ficaram tão frustrados quanto eles.

Joaquim João não entrou logo no pouso, disse que ia mijar, e Enercino foi depressa deitando na rede para não ter que falar com ninguém, mas não conseguiu dormir.

[XXXVI]

Naquela noite mesma, ao ver a agonia dos valentes que não conseguiam dormir, Alírio trouxe uma garrafa de cachaça e contou:

— Eu também já fui valente. Hoje ninguém sabe o que fiz, e se eu conto ninguém acredita. Já sangrei a onça. Fui o primeiro a sangrar. O primeiro.

— Como foi isso? — perguntou Come-Facas.

— Eu fiz uns serviços de sangue pro Coronel Inácio Cordeiro, o pai da doida, e ele me deu umas terras. Deu não, deixou que eu me arranchasse por lá. Criei filhos, casei filhas, que hoje estão por esse meio de mundo. Tive minha mulherzinha, Ana, a quem eu queria bem, do meu jeito bruto, mas queria.

"Quando a onça apareceu eu já era esse bagaço, mas ainda tinha tutano, que a onça chupou.

"Tenho pra mim que a onça é Capa-Verde. Repare se não é? Prometi a Deus que se sangrasse a bicha matava a primeira pessoa que achasse pela frente quando voltasse da caçada. Nesse tempo eu era ruim, perverso mesmo. Fiquei de tocaia por mais de três semanas, até que sangrei a criminosa. Tava muito feliz, achava que podia ter matado. Embosquei ela perto da pedra da Caprichosa e voltei pra fazenda, no caminho, atravessei uma parte da vila sem vê ninguém e na cacimba da Doida encontro minha filha, Julinha, pegando água. Era tão bonita minha filha, bem dizer uma princesa."

— Tu atiraste nela, velho? — falou Balduíno.

— Não tive coragem. Mas a onça não morreu, atacou minha casa, matou minha mulher.

"Eu achei que era castigo; ensinei minha filha a atirar. Ela era a caçula e vivia comigo, vez em quando outra, Jovelina, vinha me visitar. Os homens, dos filhos homens, nenhum aparecia. Eu sempre fui muito rigoroso, muito severo, muito carrasco. Só comecei a adoçar com Julinha.

"Eu e Julinha fomos caçar a onça. Uma noite. Acho que ela estava indisposta. Não me disse nada...

"A onça farejou e meteu os dentes nas costelas de minha filha.

"Eu fiquei ariado e ela riu na minha cara.

"Bandida.

"Aí eu virei esse monte de bosta que vos fala.

Alírio começou a contar a história para consolar os valentes, mas a história teve o efeito contrário, e a conversa acabou quando Come-Facas arrazoou a mesma coisa que já tinha dito quando a onça se escondeu na serra:

— Se ela não tiver morrido, a rebordosa vai ser grande.

[XXXVII]

Os dias correram sem notícias da onça, embora os valentes tenham varrido a serra da Cruviana; mas na parte mais empinada da serra, o castelo, não puderam colocar os pés, por isso não encontraram a onça nem puderam resgatar o corpo de Canino, caído e apodrecendo em um socavão.

Contudo sabiam, por conta dos urubus, onde o desventurado jazia insepulto, como um bicho mau.

E os homens se lamentavam sempre que viam João do Alto descer.

Sabiam bem que podia ter sido qualquer um deles.

As noites eram também agoniadas, embora para Enercino, o namorado, às vezes não faltasse o consolo de um sonho bonito, como da vez em que o rapaz foi motivo de troça porque só acordou, e mesmo assim sorrindo, quando caiu da rede.

Não contou a ninguém o sonho, mas quedou-se encabulado, porque não era preciso ser doutor por Coimbra para adivinhar.

Sonhou com Maria Flor.

Sonhou que casava com a filha do coronel.

Ela com um vestidinho amarelo, tão desconforme pra noiva, e um laço de fita no cabelo.

Estava tão bonita e tão menina.

Era Moça Mocinha, era a mocinha mais mocinha que já existiu.

A maneira como olhava, como andava, como mexia as mãos e sorria o fazia feliz. A felicidade era o som da voz de Maria Flor, que sossegava qualquer um, mas que tinha um tom particular só pra ele, que o acalentava. Entretanto não tinha nada de mãe, mas de mulher.

A felicidade era ela, a mocinha, que dizia sim e que ele punha na garupa de Bangalafumenga e saía na carreira, perseguido por Joaquim João, por Come-Facas, por João das Quengas e por todos os outros valentes, até Alírio, na brincadeira da corrida do anel.

Mas ninguém que pegava ele, Enercino, por apodo, o namorado, o rei da terra, com a menina agarrada, colada às costas dele e dizendo, com o rostinho bonito encostado na barba do marido:

— Eles tão chegando, eles tão chegando.

Mas eles não chegavam, ele é que chegava primeiro que todos no lugar da festa, uma fazenda bonita, com tudo que uma fazenda é pra ter, o cruzeiro na frente, a casa de vivenda com copiá, o pátio de marmeleiro, o curral das vacas, o chiqueiro das cabras, a manga, o açude... E.
E caiu da rede.

[XXXVIII]

Como não havia nada a fazer, os valentes vadiavam pra lá e pra cá, uma vez até Alírio quis sair do pouso e os rapazes pediram que o conduzissem à chã do Calafate; o velho respondeu:
— Eita que faz tempo que eu não vou lá. Foi no arruado que eu me criei.
E foram.
Passaram primeiro pelo mocambo de Pedro Papacaça, para visitar Valões e Pedrinho do Beiço Lascado.
Lá foram recebidos por Sá Jérica; como sempre, cachimbando. Ela estava temerosa da desforra da onça.
Mas não demoraram e logo seguiram pra chã do Calafate, lugar de gente pobre, que a onça comeu.
No caminho, como Alírio estava menos casmurro, Joaquim João perguntou:
— Esse Valões e esse Miguelão são diferentes dos outros negros. Por quê?
— Os negros de Papacaça... É o que dizem, chegaram com o pai de Brígida e depois foram abrigando quem fugia. Podia ser qualquer um, mas foram maiormente pretos e os caboclos brabos que escapavam das chacinas dos homens da casa da Torre, aí eles embaralharam os sangues. A mistura deu esses pretos bonitos, de olho grande e cabelo

liso. Só que depois deixou de chegar gente e começaram a aparecer os aleijos. Muitos ficam cegos logo.

E calou-se.

Enercino perguntou:

— Valões era caçador de onça?

— Era, às vezes eu me esqueço das coisas. Era, chegou faz tempo, com Miguelão. Nesse tempo os coronéis da ribeira ainda não ofertavam as filhas pra quem matasse a onça, prometiam dinheiro de contado, rebanhos e terras. Cada um oferecia uma coisa diferente. Aí, quando Sá Jérica, que não é velha à toa, viu aquelas lapa de negros, convidou pra defenderem o sítio. Mas queria era melhorar a raça.

— Eles aceitaram? — perguntou Joaquim João.

— Na hora. Mas a inteligência do homem, neste caso da mulher, não vale nada se Deus não quer. E Deus não quis. Valões caiu de encantos por Maria Augusta. "Quando ganharem a confiança deles, que são é muito arredios, ela aparece. É uma mulherona alta. Maior do que eu e tu — apontou pra Enercino —, do dente aberto, dos olhos vivos, dos quartos "laigos", ocorre que ela não podia parir, já tinha passado do tempo. O outro, Miguelão, foi se engraçar por Maria Menina, que, como o nome diz, era pequena. É pequena e maninha.

"Sá Jérica bem que mandou as outras negras atentarem o juízo dos dois. Acontece que Maria Menina, o que tem de pequena, tem de braba; já Valões é um Pai Gonçalo perfeito e, como com bandido Sá Jérica não quer que as negrinhas tenham comércio, a gente do pouso não pode chegar no sítio a hora que quer."

— E o povo da chã do Calafate? — indagou Enercino.

— Em chã do Calafate morava a mundiça, com quem ninguém queria se misturar. Só tinha gente ordinária. Eu sou de lá. Daqui.

E Alírio calou-se, porque estavam pertinho do que fora a chã do Calafate; duas fileiras de casinholas e a capelinha de São Lázaro, que o vento varria.

Assim que chegaram, o velho olhou tudo com tristeza e disse:

— Vamo embora.

E só perto do pouso voltou a conversar:

— Lembrei de Biu Roque, Biu Roque era o homem mais inteligente da chã, da ribeira toda. Era cantador de rabeca, pandeiro e viola. Diz que uma vez, em Teixeira, cantou por uma semana inteirinha com Nicandro, em desafio. Só paravam pra comer, dormir e dá uma mijadinha.

— Venceu? — inquiriu Joaquim João.

— Venceu não, que a cantoria de viola foi inventada em Teixeira, e lá menino aprende a falar fazendo verso; mas não perdeu.

— E como foi isso? — perguntou Enercino.

— O bute. O bute tem inveja da inteligência dos homens e acabou a cantoria. Apareceu em figura de um rosalgar chamboqueiro, que jogou um mote que vai passar cem anos e ninguém vai conseguir glosar diferente, mas Biu Roque glosou e Nicandro glosou também; ele aí começou acanalhar a peleja: falar alto, fazer piada, glosar também e, quando o povo da praça ia falar o pau nas costas dele, o fogoió deu um pinote, um pipoco e ficou a catinga no ar; era o bute.

Mas depois de pouco tempo Biu Roque cegou e não quis mais saber de viola. Pra sustentar a mulher e as filhas, só teve filhas, começou a esmolar na porta da igreja. Ficou famosa a resposta que ele deu a Romãozinho, filho do Coronel Romão, que vivia avexado e, quando ele pediu uma esmolinha, rogando:

"Oh! moço me dê uma esmola
não tenha pena de dá
que mais tem Nossa Senhora
Jesus Cristo no altá".

O rapaz disse: "perdoe".
Aí ele respostou:

"Oh! moço não dê perdoe
que é duro de cozinhá
eu botei perdoe no fogo
inda estô por almoçá".

Foi o que se falou na ribeira por um bom tempo.
Ele também tinha outra quadrinha, essa pra quem dava dinheiro à igreja e não a quem precisava. Era assim:

"Quem tiver a sua esmola
Dê a Biu Roque primeiro
Santo não bebe, não fuma
Prá que santo quer dinheiro?"

"Mas depois de cegar ele nunca mais cantou rimance, como o da Brígida, que ele mesmo inventou pra contar a história da ribeira. Eu sabia de cor. Era amigo dele. Achava que era. Achava não, era mesmo."

— E também não pelejou mais? Nem uma vez? — falou Enercino.
— Não. Mas antes da onça comer ele, comer a gente toda da chã do Calafate, sem deixar um pra semente.
"Quer dizer, eu escapei, mas tinha renegado quase toda a gente de lá...

"Antes de a onça acabar com tudo, ele adivinhou e cantou o Romance de Maria Medonha, que foi o nome que ele deu à onça.

"Cantou no batente da igreja, com os meninos e a doida em volta e eu também...

"O final era assim:

"São Pedro me abra a porta
São Miguel me pese bem
Nossa Senhora me guarde
Que Capa-Verde aí vem."

E não disse mais nada.

Ao chegarem ao pouso, Alírio foi caçar o que fazer; estava mais velho do que quando saiu, e não falou por três dias.

[XXXIX]

Miliquinhento fugiu.

João das Quengas deixou.

Sabia que ele não ia longe.

Roubou um cavalo, uma faca de ponta e uma roupa de homem.

Voltou nu e a pé, mais doido que Chico Chato, e foi direto para o pouso das Lágrimas, procurar Enercino.

Tinha os olhos aboticados, os penduricalhos balançando e suava como se fosse meio-dia, embora fosse noite alta.

Entrou no pouso sem levantar a voz e sacudiu Enercino da rede. O rapaz quase caiu, mas não caiu, levantou-se de um pulo.

E só então Miliquinhento falou:

— Conversei com Boi Estrelo. Boi Estrelo! Ele é o rei dos bois dessa ribeira. Diz que vai ajudar, que quer ajudar. Só tem que soltar os bois. Os bois que ainda estão presos, aí a ajuda vai ser maior.

E foi se aproximando de Enercino, até que o abraçou forte enquanto falava:

— A onça não morreu, ele me disse. Morreu não, vem lhe matar. Quer matar a menina também. Quer matar todo mundo. Os bois quer acudir.

E foi apertando Enercino, retirando-o do chão com uma força de tamanduá.

Os outros valentes não sabiam o que fazer, porque o doido não ouvia ninguém. Não ouvia os gritos:

— Solte o homem senão morre.

— Solta ele, cabra de peia.

— Solta, infitete, doido desgraçado.

Por isso os que assistiam à insólita palestra um pouco mais afastados já procuravam pedaços de pau para quebrar no espinhaço da visita.

Alírio, mais prevenido, pegou a lambedeira; porém o perturbado, de repente, largou Enercino no chão e disse:

— Prometa que aceita a ajuda dos bois. Em nome de Deus, aceite.

— Aceito, sim — falou Enercino, com as costelas doendo, sem conseguir respirar facilmente.

Miliquinhento começou a pular como um macaco ou uma criança e dizer:

— Tenho a sua palavra. Tenho a sua palavra.

E correu dali tão rápido que ninguém pôde pegar.

João das Quengas contou no dia seguinte que o fujão ainda voltou pro baixio dos Doidos e disse a Maria Judia que ia ficar com os bois e desapareceu pras bandas da fazenda Não Me Toques.

[XL]

Pei-Bufo é ronceiro, sonso, aleivoso e adora curiar, adora se meter na vida alheia, adora enredar, por isso se arriscou a pôr, outra vez, os pés no pouso das Lágrimas, mas não apenas para ouvir a história do doido da boca de Enercino.

Como Enercino não tinha nada pra fazer, contou.

Joaquim João contou outra vez, enfeitando tudo, e como estava por ali mesmo, Pei-Bufo se queixou da tirania de Ivone:

— Dizem que mulher buchuda é caprichosa. Agora imagine uma mulher bonita, buchuda e ainda doida e avaliem meu tormento. Tem dia que diz que eu tô fedendo, que não aguenta meu cheiro. Tem dia que não...

Riu e continuou por outro fio:

— O pior é o de comer que pede. Ainda bem que esqueceu a pitomba e ainda bem que eu tenho mel na boca, mas dia desse tive que arranjar peixe, avalie só, peixe, com o rio estiolando. Outro dia queria o doce de mamão que é receita da Minha Madrinha. Ontem maxixe. Tive que fazer uma visitinha ao sítio de Pedro Papacaça.

Mas como os outros valentes não esqueceram Dona Criminosa e não lhe deram nenhum cabimento, ele se foi, prometendo auxílio em caso da onça atacar.

Por fim, contou:

— Sabe que sua menina tá doente. Parece que não é nada de grave não, mas tá. Agora não vá lá não que o coronel é genioso.

Foi embora e deixou Namorado em desassossego.

[XLI]

Alírio se divertiu com o aperreio de Enercino; o rapaz estava mesmo com a venta furada, mas depois resolveu ajudar.

Reuniu os poucos valentes e disse:

— A onça escapou. É bom a gente avisar pela própria boca aos coronéis da ribeira. Eu conheço os que sobraram e vou. A gente forma uma embaixada e vai.

— Eu vou — falou Enercino, e todos caíram na gargalhada. Ninguém mais queria ir, então Come-Facas disse:

— É. Eu vou, quero ver se vejo a fuça desse Coronel Inácio Cordeiro.

Joaquim João também se dispôs a ir, e manhãzinha chegaram a Boa Noite, porque antes do meio-dia Coronel Paulino era menos irascível.

Porém, para grata surpresa de todos, o coronel os recebeu na sala de visitas, ofereceu imbuzada e ouviu da boca de Alírio e de Joaquim João os últimos sucessos da ribeira.

— Penso que os tempos estão maduros, coronel. Se a onça escapou mesmo, a coisa se decide.

— Deus tomara.

E, enquanto o coronel palestrava com os quatro homens e mais Pedro Celestino e Cosma servia, as meninas foram brechar o que acontecia na sala, mas, como não tinha jeito, ficaram só ouvindo.

Puderam agir assim porque Dona Januária estava adoentada e permanecia no quarto e Constança, Cecília, Xanduzinha e Flora fingiram não se importar com a visita dos homens.

Maria Flor era a mais ansiosa, porque não ouvia a voz de Enercino; já Larinha esteve quase o tempo todo embevecida, em estado de graça, escutando a voz firme de Joaquim João, enquanto Maribela ficou debicando das duas.

Maribela era a quarta filha do Coronel Paulino e mesmo assim era mais mindinha e mais ameninada que as duas irmãs mais jovens.

Era pequena e geniosa, e embora isso fosse segredo das mulheres, apesar dos dezoito anos ainda não tinha sangrado.

A menina era capaz de crueldades sem sentido e de bondades desatinadas, como da vez em que enfrentou o coronel para que ele não mandasse matar Lanzudo, o carneiro em que ela montava quando era criança.

Em que ela montou até nascerem os maturis, que ela, durante vários meses, exibia às irmãs a cada quarto de hora, orgulhosa dos peitos como se eles fossem duas joias raras ou um vestido novo.

Na sala a conversa amornava, e o coronel estava perdendo a paciência quando Enercino falou:

— Suas filhas estão bem, coronel?

Maria Flor sorriu ao reconhecer a voz.

— Que eu saiba estão.

— É que correu uma história de que Maria Flor estivesse adoentada.

— Correu, foi?

— Foi.

O coronel sorriu e disse:

— Não sei como. Mas não foi nada, dor de moça, daquela que vem todo mês.

— Ah. Eu fiquei aperreado.

— Pois fique não, vá caçar a onça que é o melhor que Vossa Senhoria faz.

— Vou caçar, coronel, vou caçar.

E a palestra deu-se por encerrada.

Maria Flor correu pro quarto, sufocando de felicidade.

Já Larinha queixou-se a Maribela:

— Ele nem perguntou por mim.

Os homens foram embora debicando de Enercino até o baixio dos Doidos, onde almoçaram se regalando por ver as duas Marias e rindo das gaiatices de João das Quengas.

As notícias, no entanto, não eram boas.

Havia poucos homens na Boa Noite em condições de defendê-la.

E Chico Chato não estava.

Disse Maria Cigana que ele agora vivia andando com Miliquinhento, que seguia nu como Adão.

O que deu margem a muitas pilhérias, de modo que as horas foram passando ligeiro, e se não fosse o velho não teriam cavalgado até a Não Me Toques, para falar com o Coronel Guido, que os recebeu na sala, mas ao contrário do Coronel Paulino estava de mau humor, com aqueles olhos zarcos e o cabelo branco de teia de aranha.

Ouviu o que os homens vieram contar, contou da calamitosa situação da fazenda e irou-se com alguma coisa, de modo que, adivinhando que a filha estava ouvindo, falou:

— Jovina, venha cá.

Ouviu-se um suspiro e mais nada.

— Maria Jovina, chegue cá. Avie, que eu tô chamando.

A moça entrou na sala, era branca e gorda e tinha uns olhos castanhos e feiosos.

O coronel apresentou:

— Essa é minha filha Maria Jovina, que nenhum valente quis.

A moça, que já olhava pro chão, engoliu o choro.

— É minha filha.

Calou-se por um instante e ordenou:

— Diga boa tarde.

— Boa tarde — disse a moça.

— Eu não ouvi.

— Boa tarde.

— Agora levante essa cabeça.

A moça levantou a cabeça demais, para que as lágrimas não caíssem.

— Agora vá pra dentro e deixe de ser enxerida.

A moça foi embora, mas não se recolheu. Voltou para onde estava. E o Coronel Guido continuou a conversa:

— É minha filha. É muito inteligente, sabe até ler, diz que a onça é um bicho que escapou do dilúvio. Minha filha tem um coração de ouro, mas nenhum valente quis. E por quê?

E ele mesmo respondeu:

— Por que é feia e gorda.

Parou por um instantezinho e prosseguiu:

— Não é nem tão feia nem tão gorda assim, mas todo valente só se encanta com as princesas de Paulino.

"Depois de olhar as moças da Boa Noite, nem aqui chegam". Deteve-se mais uma vez, pra depois falar aperreado:

— E se eu morrer, vai ser o que dela?

E ficou calado como se alheado do mundo.

Joaquim João foi quem rompeu aquele silêncio agoniado. Perguntou o que lhe veio à mente, qualquer coisa despropositada:

— Essa pedra da Caprichosa, que parece uma moça enfadada, é algum bruxedo?

— Estás idiota, rapaz. É uma pedra, como a pedra do Navio. Vieste de onde, da Tamarineira?

Enercino pensou em falar alguma coisa, mas como o coronel olhava demasiado pra ele, incomodado talvez com o tom de pele acastanhado que ele exibia ao mundo — mais de negro que de branco —, que ele não podia nem queria esconder de ninguém, resolveu calar.

E, como se tudo estivesse combinado, todos olharam para Alírio, que se despediu com polidez.

Os homens voltaram para o pouso e deixaram para visitar o Coronel Inácio Cordeiro no dia seguinte.

Fizeram bem.

[XLII]

Pela manhã cruzaram o rio e de longe avistaram a famosa torre de menagem, onde os primeiros coronéis da ribeira, os homens que matavam em nome dos Garcia D'Ávila, aprisionavam os inimigos, para que morressem de fome.

Há quem diga que a torre foi obra de Seis Ofícios e que foi com ela que os negros de Papacaça pagaram para viver em paz.

Mas há quem discorde.

De qualquer modo os quatro homens cavalgavam para a casa de vivenda da Minha Madrinha quando um tiro, vindo da torre, passou a um palmo da cabeça de Joaquim João, que era o mais alto dos cavaleiros, depois outro tiro assobiou no pé do ouvido de Come-Facas, e antes que houvesse qualquer revide foi a vez de uma bala passar rente à cabeça de Enercino e a derradeira a uma peinha de nada do cocuruto de Alírio.

Já no primeiro tiro eles sofrearam os cavalos, e depois do quarto tiro, que indignou Come-Facas, o velho falou:

— Acredito que Coronel Inácio não queira receber visitas.

Joaquim João perguntou:

— Quem atirou?

— Foram dois — disse Come-Facas.

— Um pode ser ele mesmo. Sempre teve fama de bom atirador. Que se entenda com a onça — respostou Alírio.

E todos deram meia-volta.

No pouso, antes que pudessem contar a história do Barba-Azul que todo mundo e a mulher de seu Raimundo jurava que prendia as companheiras na torre, ouviram de Pedrinho do Beiço Lascado as novas de Sá Jérica:

— Ela disse mesmo assim. Que viu nos coquinho. A onça não morreu mesmo não e não demora a agredir, mas o sítio vai ficar por último, por isso amanhã mesmo tão aqui Valões e Miguelão; para o que der e vier.

— A bruxa não sabe o dia mesmo não, o exato, sabe? — perguntou Come-Facas.

— Sabe não. Só sabe que não demora.

Cara Troncha falou:

— A onça pode me matar sem eu ter desafrontado Dona Criminosa...

"Não quero ninguém nos meus cós. Vou acabar com isso é agorinha mesmo."

E partiu.

Enercino pensou em tentar impedi-lo, assim como quase todos os que ouviram a jura, mas um homem é um homem, e não se diz a um homem o que um homem deve fazer.

Quer dizer, quem tem boca pode até dizer, mas não vai adiantar muita coisa.

[XLIII]

Cara Troncha, sem pensar em mais nada, cavalgou até a vila e achou aziago aquele casario sem ninguém, aquelas folhas secas que o vento varria e até as andorinhas que voavam por trás das torres da igreja.

Foi até a porta do templo e chamou por Pei-Bufo, que já o tinha visto chegar e disse à mulher, embarrigada e ainda mais bonita:

— Saia e se mostre pra ele. Vou dá a volta. Ele tem ódio de mim e quer me matar. Se brigar com ele de igual pra igual eu posso morrer, que ele é bom de faca.

A mulher, que era doida quando queria, obedeceu, abriu a porta da igreja e se mostrou esplendorosa e mal-arroupada, enquanto Pei-Bufo, como uma fera traiçoeira, pulou em cima do deslumbrado, que percebeu no último instante e tentou furtar o corpo, mas acabou recebendo uma estocada no lado esquerdo do bucho.

Foi o suficiente.

A mulher não ficou pra ver, por isso, sem ter com quem falar, Pei-Bufo coçou a cabeça agoniado e depois gritou pra dentro da igreja:

— Vou falar com João das Quengas.

Voltou muito tempo depois, deitou o corpo de Cara Troncha em uma carroça e fez mil e um agradecimentos ao rei do baixio dos Doidos, que seguiu enraivecido para o pouso das Lágrimas.

Lá todos aguardavam a má notícia.

Come-Facas falou:

— Aquele merda contou como foi?

— Disse que quase morre, mas é mentira, conheço cabra safado. Pegou Cara Troncha a traição, tenho certeza.

Os outros homens respiraram com força e Come-Facas falou:

— Primeiro a onça. Ela logo vai atacar de novo, depois a gente mata ele no pau e deixa o resto pra urubu comer e tatu enterrar.

— Isso se eu não matar antes.

Falou João das Quengas, mas Alírio disse com ainda mais raiva:

— Isso fica pra depois, vamos enterrar o homem.

Foram.

[XLIV]

A onça começou a comer bezerros e, quando já farta de sangue: aleijava, quebrava os ossos dos bichinhos só por maldade, foi o aviso; mas, antes que atacasse os cristãos da ribeira, parece que interferiu no sono de tudo que era vivente.

A onça era como uma sobrenatureza.

Enercino, o namorado, sonhou assim:

Sonhou que a onça atacava a Boa Noite, ficava rondando e urrando, e quem saía da casa de vivenda ela comia; até que, depois de todos os homens morrerem, Maria Flor saiu e a onça cresceu um despropósito e a segurou pelo pescoço, como as gatas paridas fazem com os gatinhos, e a carregou para a loca, mas, antes de chegar à serra da Cruviana, ele e Joaquim João estavam esperando.

Entonces ela sacudiu a moça pra lá e pra cá, como se Maria Flor fosse uma boneca de pano na mão de menina má e caprichosa, em seguida jogou a moça longe enquanto ele soltava o chuço que levava consigo, pra correr atrás da namorada.

Na carreira envelheceu de ficar de cabelo branco.

A menina estava morta, com o pescoço torcido, e ele chorava como se o mundo tivesse acabado, debruçado sobre ela.

Depois a onça se aproximava dele devagar, a assassina, com a boca toda melecada do sangue de Joaquim João, mas não o matava, sorria.

Ele acordou engasgado com o mingau das almas, cuspiu longe e sentiu medo.

Não precisava ser Sá Jérica para catar os agouros.

[XLV]

Foi em uma noite de tempestade como não houve outra desde o dilúvio, uma daquelas invernadas de ressuscitar rios e carregar boi descuidado para o mar, em que cada gota de chuva enche um pote.

Chovia, relampejava, trovoava por toda a Ribeira da Brígida.

Os valentes tocaiavam a onça no pé da serra da Cruviana, mas ela foi mais ladina, deu a volta, atravessou o rio ou então se envultou, desapareceu e passou pelos homens.

Vinha com todas as más intenções, a celerada.

Aproximou-se da fazenda Boa Noite como uma sombra audaciosa, faiscando ira nos olhos de gato; como um pedaço de noite viva; como uma armadilha de carne e fúria; como uma aparição de abominável beleza, e foi matando as sentinelas uma a uma, inclusive Zacarias, que era a última defesa da fazenda, protegido dentro da pedra.

Mas o desafortunado saiu pra quebrar o corpo e a onça matou.

Depois a mãe da maldade entrou pela casa, que o vento castigava arrombando janelas e portas e levando consigo trancas, ferrolhos e tramelas; matou Pedro Celestino, que dormia a sono solto depois de passar o dia febril, e foi encontrar o Coronel Paulino da Pedra insone, na sala, como se estivesse adivinhando o fim.

Ele levantou-se da cadeira de balanço, em que estivera sentado desde que anoiteceu, para atirar de cima pra baixo, e ela o derrubou no chão, e logo rasgou a veia mais grossa do pescoço dele, em cujo interior o sangue latejava quente; depois mordeu a barriga do defunto, para deixar a marca da cadenilha.

E foi assim, vencedora e satisfeita, focinhando o bucho do coronel, que Maria Medonha foi flagrada por Maribela.

A filha do coronel chegou na sala e disse:

— Vá-se embora. Vá-se embora daqui. Xô, bicha feia, bicha malvada, deixe o corpo de meu pai.

Ela olhou a menina, que tinha o rosto afogueado de raiva, e saiu pela porta da frente, que a ventania ou alguma mandraca abriu; e tomou destino incerto e mal sabido, deixando reinar a confusão entre as mulheres.

[XLVI]

Os homens voltaram encharcados e exaustos para o pouso e preparavam-se para dormir quando surgiu no céu um sol tão falso quanto conversa de cigano, porém, antes que se acomodassem, eles viram chegar a beleza em forma de gente, montada em um cavalo baio.

Não era Ivone Alegria dos homens, Amor dos Meninos, Remédio dos Velhos; era Constança, que vestia apenas uma camisola de catassol que mais mostrava que cobria os peitos volumosos, a cintura de pilão, as ancas abauladas de jarra bojuda, as coxas de fazer qualquer homem feliz.

E o rosto?

Os olhos agateados, a boca de polpa de melancia, o nariz atrevido, os cabelos assanhados como uma juba delicada, como um halo de santa impudica.

Ela não chegou a descer do animal, pois os homens vieram recebê-la.

Parece que os homens, os poucos que restavam no pouso, foram atraídos pelo cheiro dela, cheiro de mulher completa, de fêmea inteira e insaciada e desejosa de macho, e a fitaram com uma mistura de medo e assombro.

Ela disse:

— A onça atacou. Matou meu pai. Matou todos os homens da fazenda.

E como ninguém disse nada, apenas a fitaram embevecidos, ela, depois de um momento de perplexidade, se percebeu quase desnuda, enrubesceu e tornou à fazenda, esquipando.

Quando já ia longe é que os valentes voltaram a si, montaram os cavalos e partiram em disparada.

Chegando lá encontraram o maior desmantelo, e foi Alírio que arranjou tudo, que com Cosma preparou o corpo do coronel para o enterro, enquanto Dona Januária aquietava as meninas.

E, como tudo ainda podia piorar, Joaquim João, pelo buraco de uma janela, avistou uma moça vindo, caminhando, uma moça gorda e de olhos assustados, e não demorou a adivinhar, ou melhor, a lembrar quem era.

Quando chegou, a moça falou pouco, mas disse tudo, e foi acolhida pelas meninas da casa, que também choravam a morte do pai, depois deu um suspiro agoniado e quedou-se de olhos parados, como morta.

Mas não havia morrido.

Felizmente, antes do sucesso, tinha contado aos valentes reunidos que:

— A onça atacou a fazenda. Matou todo mundo, matou pai. Não sei se alguém escapou. Não me matou porque não quis.

[XLVII]

O corpo do coronel foi vestido com a farda de Oficial Superior da Guarda Nacional, oficial de patente comprada; foi calçado com sapatos novos e posto em cima de uma mesa grande, que foi levada para o meio da "sala de visitas" da fazenda Boa Noite, para que as meninas, em fila e suspirosas, assim como as outras mulheres que sobraram, beijassem a sola do sapato dele, que, apesar da farda, dava ares de que tinha encolhido, mirrado, minguado, quase delido, pequeno demais para tanta roupa.

Depois foi posto em rede.

Rede bonita, mas rede e não caixão, e foi carregado por Namorado e Prinspo até a capelinha da fazenda, no chão da qual foi sepultado, ao lado da mulher, que há muitos anos ali jazia.

[XLVIII]

Os homens, Alírio à frente, e as mulheres, Cosma adiante, porque Dona Januária se disse velha demais para tanta desgraça, ajustaram que os valentes passariam a viver na Boa Noite, mas só o velho poderia morar na casa de vivenda.

Que a gente do baixio dos Doidos poderia habitar as casas dos moradores, assim como Ivone e Pei-Bufo e os negros do mocambo de Papacaça; as negras poderiam morar na casa-grande.

Mas Valões, que já estava entre os valentes desde antes da noite da tempestade, avisou que o povo dele tinha onde se esconder, e era em locas dentro da mata da Trança.

Por fim os homens decidiram partir logo para a fazenda Minha Madrinha.

Cosma aceitou que as mulheres de lá habitassem a casa, mas não o Barba-Azul, que as infernizava, caso estivesse vivo.

Os valentes partiram.

Não foram recebidos a bala, mas por um homem magro, peludo e tranquilo, de olhos de cão e voz arrogante, que, ladeado por dois paus-mandados, Raimundo Paca e Tião Doido, dispensou auxílio dizendo:

— Em minhas terras mando eu, me defendo eu, que não preciso de ajuda de beradêro nenhum.

E foi tão peremptório que os homens se foram sem revide de argumento algum, desejando com força que a onça comesse o coronel, mesmo correndo o risco de engasgar com toda aquela empáfia.

[XLIX]

O ataque da onça foi tão devastador e causou tanto medo que Pei-Bufo e a doida deixaram a igreja; que João das Quengas e as quengas deixaram o baixio dos Doidos e foram todos para a Boa Noite.

Miliquinhento e Chico Chato estavam desaparecidos, embora todos acreditassem que estivessem bem, pois era crença compartilhada que a onça não matava doido.

Na fazenda, para que as meninas suportassem o luto, Cosma, Dona Januária e Alírio permitiram que, na frente de um deles, João das Quengas, que andava quase sempre macambúzio por ter se amofinado, e Pei-Bufo, amostrado que só ele, contassem causos e bernardices para animá-las, em palestras no copiá.

Maria Jovina tinha acordado do sono em que havia mergulhado desde, bem dizer, a morte do pai, sono acordado que durou três dias. Quem mais cuidava dela era Constança, que não gostava dos olhares que Pei-Bufo lhe dirigia e por isso pouco frequentava o copiá.

À noite os homens batiam toda a ribeira, em busca da onça, que não achavam e que, às vezes, rugia, como se gracejasse, do alto da serra da Cruviana, e o tempo não passava, até que Cosma chamou Alírio e contou um sonho ruim e pediu que ele convocasse os valentes para que fossem outra vez a Minha Madrinha.

Ninguém quis ir, nem mesmo Enercino; o velho então se irou e disse:

— Entonces eu vou só, que não nasci acompanhado.

E partiu.

Os homens, resmoneando, escoltaram Alírio.

Desta vez não foram recebidos a bala e, quando viram os camirangas rodeando a torre e a casa de vivenda, intuíram que também não seriam recebidos pelo coronel.

Dito e feito.

Ou melhor, pensado e acontecido.

Entraram na propriedade de Inácio Cordeiro, quietos, como quem comete um pecado, e o encontraram morto e desventrado. Ele, Raimundo Paca e Tião Doido.

Cassiodoro, que fora o lugar-tenente do coronel, tinha sumido. Assim como Rosa Rita, mãe do ferrabrás, que não morria de ruim.

Os olhos duros do coronel eram os de quem tinha visto o demônio.

Vasculharam a casa, pisando leve, pois não traziam autorização para encontrar-se ali, mas, já que estavam, se reuniram diante da parede da torre, que emendava com a casa. Nessa parede existia uma porta muito robusta, fechada, repleta de trancas, travas e tramelas.

A porta estava raspada, agatanhada que fora pela criminosa.

Alírio passou a mão nas arranhaduras, depois disse:

— Abram. O homem era um Barba-Azul, todo mundo sabia.

Os valentes abriram a porta com muita dificuldade.

Dentro da torre era como outra casa.

Encontraram cinco mulheres muito descarnadas, três delas aparentemente desfalecidas, e, no canto mais distante da entrada, uma velha morta, com o rosto e o pescoço esfolados, marcados por arranhões de unhas de gente.

O cadáver da velha não fedia.

Alírio contou o que tinha acontecido ao coronel, e elas não tiveram como não sorrir e agradecer à onça.

Pediram água e se disseram famintas.

Não falaram nada sobre a velha.

Os homens levaram água para as duas mulheres que ainda podiam se sustentar em pé. Elas beberam pouco e deram de beber às outras.

Depois os valentes foram procurar comida e acharam em abundância; o coronel parecia ter se preparado para viver até a volta de Cristo.

Mas havia mulheres tão fracas que não aguentavam comer direito.

Alírio achou por bem levá-las para a Boa Noite, mas a mais ativa das mulheres, ainda muito bela, que se chamava Raquel, ponderou que era dia e que algumas delas estavam na torre há muitos anos e poderiam cegar com a claridade, mesmo sem abrir os olhos.

Os homens ficaram admirados com a sabedoria, principalmente vinda de uma mocinha "sonolenta" de fome, que tinha a pele tão clara que era possível enxergar as veias.

As mulheres não estavam vestidas com decência, e os homens procuravam refrear a natureza diante de tanta beleza roubada ao mundo.

Por fim resolveram trazer um carro de bois e duas carroças para transportar as mulheres e mais Cosma e Bambaia para mediciná-las.

Alírio ficou na casa junto da torre enquanto Enercino e Balduíno foram tomar as providências.

Os homens que permaneceram na Minha Madrinha vasculharam tudo outra vez e enterraram os mortos com displicência, sem que recebessem censuras do velho; também recolheram armas, munições e alguma comida.

À noite o comboio partiu vagaroso para a Boa Noite, com medo da onça, que rugiu de muito longe e não atacou.

Com medo, homens e mulheres quase não viram o espetáculo que teve por cenário o carreiro de São Tiago: uma chuva de pedras luminosas que fez tanto a mulher velha quanto os homens maus se benzerem.

Já Raquel olhava o mundo como se a noite, a terra, os cavalos, os bois e as pessoas fossem alguma coisa de extraordinário.

A mulher resgatada da torre era a única ali, plenamente lúcida, que não apenas não temia a onça, mas queria bem a ela.

[L]

Pei-Bufo maravilhou-se ao ver as mulheres descerem das carroças; algumas amparadas, outras carregadas nos braços dos valentes.

É certo que avaliou que estavam muito descarnadas, porém logo ponderou, dizendo de si pra si:

— Nada que leite de cabra não resolva.

Entretanto não pôde mais saber de coisa alguma, porque era de noite e Ivone, já muito embarrigada, o chamou para saciá-la.

Ele foi, mas pela manhã já arrodeava a casa para saber de Alírio as novidades.

Porém o velho contava sem nenhum colorido e nenhuma vontade, portanto teve que esperar que Dona Januária visitasse a doida, que conhecia desde menina e de quem se compadecia, para saber de tudo.

Pei-Bufo fiava-se em Dona Januária para entrar na casa de vivenda, mas a velha foi prevenida por Alírio de que o homem era safado e não tinha muito tempo de vida.

Ao sair, mais tarde do que queria, da "casa" de Pei-Bufo, Dona Januária tomou um susto e correu para a sede da Boa Noite, se persignando e dizendo:

— É o fim das eras. Não bastasse a zelação da noite passada.

O que assustou Dona Januária não foi o homem que cavalgava um jumento e conduzia uma besta de carga, mas o homem que o seguia a pé, segurando um cajado e exibindo uma barba já muito crescida.

Isso porque a criatura, que parecia um penitente, um santo ou um doido, estava nua e expunha, a quem quisesse ver, um zebedeu de burro, como se aquilo fosse a coisa mais natural do mundo.

Chico Chato se acercou da casa de vivenda, desceu da montaria e, por conta da indignação de Dona Januária, deu de cara com Alírio.

Avisou que precisava falar com os valentes.

Alírio o mandou para a casa de farinha, e lá se reuniram os homens.

Chico Chato, muito agitado, disse que estava vivendo na chã do Calafate, laborando na forja da Cascavel, e trouxera um regalo para os valentes.

Entregou a cada um deles um chuço de ferro e disse:

— Mestre André chamava isso zabelinha.

— Javelina — falou Alírio.

Mas Chico nem percebeu a correção e continuou:

— Fiz com cabo e sem cabo. Sem cabo é pra mode jogá na onça. Os bois disseram que, com bala, a onça não morre mais.

— Que bois, Chico? — perguntou João das Quengas, que, mesmo tendo se amofinado, estava presente.

Miliquinhento respostou com uma voz que não era dele:

— Os bois vão ajudar a caçar a onça, por isso estamos soltando tudo que é bicho e derrubando tudo que é cerca que se pode derrubar sem muito esforço.

Diante da incredulidade geral, Chico disse:

— Boi fala, escuto aqui, ó.

E bateu com o dedo indicador na própria cabeça.

Então Miliquinhento soltou um aboio tão triste que as mulheres dentro de casa levaram a mão ao coração e os bois respostaram por toda a ribeira, de modo que se ouviu um resfolego, um ronco, um murmúrio, e Chico Chato sorriu satisfeito e saiu da casa de farinha de peito estufado, seguido do homem do calabrote de burro; mas, antes de ir embora de vez, falou:

— Quando eu voltá aqui, é pra dá fim à danada. Os bois vão me avisá.

E olhou para Enercino, que encarava a arma encantado.

[LI]

As moças estavam reunidas no copiá, até mesmo Bambaia, a mais lamprega, Maria Jovina e Constança. As moças e as viúvas do Coronel Inácio Cordeiro, assim como Dona Januária e Alírio.

Os valentes olhavam de longe as filhas do Coronel Paulino da Pedra, e Cosma conversava com Valões e Miguelão, o que levou João das Quengas a dizer às duas Marias, que estavam, naturalmente, afastadas do copiá:

— Esses negros têm uma maçonaria. Sabem de tudo que acontece na ribeira. Vai ver tem um deles dentro da loca da onça.

João das Quengas estava casmurro e enciumado porque o centro das atenções era Pei-Bufo, que, acompanhado da mulher vestida, encontrava-se no copiá, bendito entre as mulheres da casa, contando lorotas, até que Ivone pediu:

— Conte a história de Capa-Verde.

— Conto não.

— Que história? — perguntou Larinha, e Dona Januária pediu:

— Conte.

— Conto não, que ninguém acredita e eu não quero passar por mentiroso diante de minha mulher.

— Conte logo e deixe de licantina — falou Alírio.

E as moças pediram em coro para que ele contasse.

— Se é assim eu conto. As senhoras e senhoritas sabem, porque Alírio, mesmo velho, não sabe, mas vai saber, a razão por que um dos nomes do diabo é Capa-Verde?

As moças, risonhas, responderam que não.

Maria Jovina sabia, mas não ia amornar a brincadeira. Então Pei-Bufo falou:

— Foi assim. Há muito tempo o diabo era um anjo, Lusbel, que se revoltou contra a divindade.

"Aí Deus expulsou ele do céu, mas antes deu um castigo, tirou toda a beleza que ele tinha, e era muita. Assentou um par de chifres na cabeça do infeliz e pregou um rabo no sobrecu do maluvido; por derradêro ainda pintou de vermelhão.

"Depois da mudança, Lusbel, já escabreado, foi se olhar no espelho.

— E tem espelho no céu? — perguntou Maribela.

— Deve ter, ou foi de outro jeito. Mas o fato é que Lusbel se olhou no espelho e quando viu a marmota que tinha virado ficou pra não viver. Parece até que chorou.

"Só faltou chamar Deus de santo.

"Mas depois foi falar com o Criador do céu e da terra e disse mesmo assim:

— Senhor meu Deus, repare só pra mim... Tô que é só chifre e rabo. Não tem como o major me arranjar uma capa não?

As moças riram, e Dona Januária repreendeu:

— Modere sua linguagem; policie o palavreado, que Deus não é moça nem major e não gosta de graça.

Pei-Bufo se justificou:

— Não se zangue não, Dona Januária, eu conto o caso como me contaram, mas é... Onde é que eu tava mesmo?

— Quando o diabo pediu uma capa — respondeu Maria Jovina.

— Pois é, pois é. Ele pediu a capa, aí Deus disse: "Tá certo. Eu vou lhe dá uma capa".

"E mandou São Miguel pegar uma capa pra pé de pato.

"São Miguel foi lá dentro, não sei de onde, pegou uma capa e entregou ao fute.

"Deus então falou:

"Queria uma capa, tá aí a capa, agora desapareça daqui e se livre do meu repente".

"Aí o diabo foi embora e quando chegou no inferno foi ligeiro provar a capa. Mas a capa não era um capote, era muito curta. Era ele colocar a capa pra cobrir os chifres e aparecia o rabo. Era ele colocar a capa nos ombros e descobrir os chifres."

— Bem feito — falou Bambaia.

— Bem empregado — disse Flora.

Pei-Bufo continuou:

— E além disso a capa não se conjuminava com aquele vermelhão dele porque era verde, e é por isso que qualquer um pode conhecer o diabo de longe; pois ou ele tá em pelo, como um bicho, ou tá de capa verde.

"E tem mais: toda vez que São Miguel encontra o diabo de capa verde, o santo — que me desculpe Dona Januária — faz mesmo de cachorrada e diz: 'Tá tão lindro'.

"Aí o diabo parte logo pra ignorância."

A história agradou as moças e ele passou ainda um bom tempo em boa companhia, até que Dona Januária enfadou-se e mandou as meninas entrarem, "que já tava tarde".

[LII]

Enercino resolveu conhecer a tão famosa igreja da vila da Cruz da Moça Enganada.

Joaquim João o acompanhou, e os dois quedaram-se embevecidos, pois nunca haviam entrado em igreja mais bonita e mais acolhedora que aquela.

Era como se ingressassem em outro mundo.

A primeira coisa que notaram foi a claridade: era como se a luz do sol fosse filtrada — de alguma maneira indecifrável para quem olhava de baixo para cima — pelo teto e se multiplicasse e se tornasse menos intensa e mais completa, talvez para emular o céu da imaginação do artista, porque no teto ele pintou as coortes celestes.

Já na parede por trás do altar, o mestre pintou um afresco em que figurou a ascensão de Cristo.

Mas, como a Igreja era dedicada a Santa Bárbara, em toda a parede do lado direito do templo ele pintou episódios da vida da santa: a torre de três janelas, em que, ainda muito mocinha e muito formosa, ela foi encarcerada; a conversão e o martírio; por fim ergueu um altar lateral, em que assentou uma imagem de mais de um metro, representando a padroeira da vila.

Do lado esquerdo da igreja retratou a ressurreição do mano de Marta e Maria e depois ergueu outro altar lateral em que foi entronizada a imagem, também muito grande, mas em tamanho menor que a de Santa Bárbara, de São Lázaro, lambido pelos cachorros.

Os homens caminharam até o meio da igreja, olharam mais detidamente as pinturas das coortes celestes com querubins e serafins, miríades e potestades, mas se assustaram ao voltar-se para a porta de entrada, pois, na parede em torno dela, Seis Ofícios, ou quem quer que tenha sido o artista, pintou a história da ribeira; a moça se jogando no rio, o corpo sendo resgatado pelo louco, o pai da desventurada enterrando a filha, a chacina dos caboclos brabos, a construção da igreja por um negro muito bonito e, o mais assustador, uma onça negra.

Diante daquilo Joaquim João resolveu ir embora.

Enercino pediu que o amigo o esperasse do lado de fora, pois ele queria rezar um pouco.

Ajoelhou-se diante do altar e rezou compungido.

Pediu perdão pelos pecados e força para não fraquejar e matar o monstro, ou morrer tentando, e já ia embora, pois não era homem de cansar a paciência de Deus, quando se sentiu atraído pela imagem de Santa Bárbara.

Não se ajoelhou, mas pediu à santa que intercedesse por ele.

Prometeu que, caso matasse a onça e escapasse vivo, trataria todas as mulheres de igual para igual e não de cima pra baixo, depois voltou-se para o altar dedicado ao amigo de Jesus e prometeu que se caçasse Maria Medonha ofereceria, todo ano, um banquete aos cachorros e comeria os restos, mas lembrou que não havia cachorros na ribeira, porque a onça não deixou nenhum pra semente.

Por isso prometeu que, se matasse a onça e escapasse para contar a história, só mataria bicho que fosse para comer; e logo sentiu-se com vontade de sair dali e confrontar a criminosa.

Não sentia medo.

[LIII]

Raquel, Doralice, Filomena, Danila e Ludovina eram as viúvas do Coronel Inácio Cordeiro, belas mulheres que agora existiam na casa-grande da Boa Noite e despertavam ainda mais a cupidez de Pei-Bufo, que, no entanto, queria mesmo era Constança, cada dia mais bela e mais só.

Porém, como não conseguia entrar "no castelo das princesas" sob pretexto algum, resolveu que entraria de qualquer maneira, já que a primogênita do Coronel Paulino não saía e estava tão louco o amado de Ivone que em um domingo, no calor mais intenso do dia, entrou na casa sem ser visto.

Encontrou Constança no quarto reservado à doente Maria Jovina, que, vez em quando, tinha uma recaída e quedava-se em uma modorra de fazer dó.

Constança cuidava da enferma e ficou paralisada ao vê-lo.

Ele a despiu com o olhar e sorriu sem deixar nenhuma dúvida de suas intenções, e já ia dar o bote quando a mulher se assustou como se visse alguém por detrás dele.

Pei-Bufo achou que era sabença da moça, mas mesmo assim olhou de esguelha e viu outra moça, Maribela, com um olhar chamejante e uma pistola na mão; ele foi se aproximando dela com cuidado e dizendo:

— Cuidado, menina, que...

E não pôde falar mais nada, que Maribela o matou com dois tiros, o que acordou Maria Jovina e fez Constança gritar.

Em pouco tempo a alcova da doente estava repleta de mulheres.

Alírio também não demorou, pediu passagem e depois correu para chamar Come-Facas e João das Quengas, que retiraram o corpo do atrevido e só não o jogaram no chiqueiro dos porcos porque o velho disse que seria uma impiedade.

Mas não o enterraram.

Quando voltaram da igreja, foram Enercino e Joaquim João que sepultaram o celerado, depois do que Joaquim João disse:

— A gente veio aqui pra matar uma onça ou enterrar cabra safado?

Enercino respondeu com os olhos brilhando:

— É o último que a gente enterra.

Joaquim João não disse nada, mas não gostou de frase tão peremptória.

[LIV]

Ivone Alegria dos Homens soube da morte de Pei-Bufo e não se importou, mas, no dia seguinte, passou por Alírio, que estava no copiá, inteiramente nua, e entrou na casa de vivenda da Boa Noite, onde foi acolhida pelas mulheres, que imediatamente notaram os pés inchados da doida, sinal de que o menino ia nascer logo.

Foi o que aconteceu.

Uma semana depois da morte do "marido", de noitinha a mulher estava nas baratas e madrugadinha o menino nasceu, quer dizer, a menina, com os mesmos olhos bonitos da mãe e saudável, sem nem um traço de tara ou de demência.

Os homens tiveram autorização para ver a menina sem nome, pois a mãe só a chamava de menina, ocasião em que Maria Flor pôde namorar Enercino e Joaquim João namorar Moça Feia, namoro que consistiu apenas em olhares gulosos, sorrisos e palavras molhadas de mel, que fizeram as outras mulheres ainda mais infelizes.

Quando finalmente se reuniram na casa de farinha, pois os homens não entraram no quarto de Ivone todos de uma vez, Valões disse:

— A onça vai atacar de novo.

E foram derrubar as cercas conforme os doidos tinham mandado.

[LV]

Ninguém os viu chegar; Bambaia que foi prevenir o velho:

— Chico Chato e o outro doido estão na casa de farinha e querem falar com os homens.

Era muito cedo da manhã.

Chico estava feliz, rodopiando como um pião, Miliquinhento estava parado, muito sério, e os homens, por um momento, pensaram que quem confia em doido é mais doido que o doido primeiro, mas as dúvidas logo se desfizeram, pois Chico falou:

— Fridolina nasceu, por isso Maria Medonha vem atacar a fazenda. Hoje.

— É hoje — disse Miliquinhento com autoridade, nem precisou bater o cajado no chão pra sublinhar.

E Chico continuou:

— A gente, assim que anoitecê, segue pra Cacheada. Os bois já tão por lá. Assim que ela descê a serra dão o aviso. Os bois vão cercá a bruta.

— Como, Chico? — perguntou Alírio.

— Vão fazer uma roda com um buraco no meio. Quem vai?

Os valentes se apresentaram: Severino Come-Facas, de Flores do Pajeú; Pedrinho do Beiço Lascado, de Jardim do Seridó; Lelo Sete Mortes, de São João do Cariri; Balduíno Sete Palmos, de Poço de Pedra dos Inhamuns; Joaquim João, de Sirinhaém; e Enercino, de Carinhanha.

João das Quengas ficaria para defender as Marias e Alírio, Valões e Miguelão, para proteger as mulheres da Boa Noite, caso não sobrasse nenhum valente.

Usariam as armas de fogo; quanto aos caçadores, seguindo os ditames de Chico, empregariam apenas as javelinas.

E foi só, mas, antes que os valentes partissem, Alírio voltou para a casa de vivenda e contou tudo às mulheres. Elas quiseram desejar boa sorte aos homens, mas o velho não deixou.

— Carece não e até atrapalha. Eles devem ter um pensamento só até amanhã: matar a onça. Querem ajudar? Entonces rezem por eles.

O resto do dia foi de grande expectativa, e cada um dos valentes agiu de uma maneira distinta: Enercino e Balduíno quase não falaram e comeram à força, parecia que já estavam diante da onça; Lelo Sete Mortes só fazia cuspir; Joaquim João se escondia para quebrar o corpo, mas que ninguém duvidasse de que, chegada a hora, ele partiria para caçar a onça, de cabeça erguida e peito estufado. Come-Facas, fora do seu proceder, foi contar lorotas às putas, e Pedrinho do Beiço Lascado se escondeu mais de uma vez, pra vomitar.

Mas, chegada a hora, todos seguiram Chico Chato, que montava o burrinho que outrora fora brinquedo de Ivone e também Miliquinhento, que, sem o bordão, montava o jumento de Chico Chato.

As moças então, desobedecendo Alírio, invadiram o copiá, mas tiveram ânimo apenas de acenar para os homens que partiam. Foi João das Quengas que, para não soluçar de raiva por ter perdido a coragem para matar a onça, falou:

— Manhãzinha eu quero beber leite de onça. Me tragam leite de onça.

Até os valentes sorriram.

Mas João foi se esconder pra chorar.

[LVI]

Joaquim João, que era o único que conhecia verdadeiramente o mar, poderia dizer que a fazenda Cacheada era um mar de bois, mas não disse.

Ninguém dizia nada, apenas ansiavam pela onça que não saía da loca, que não descia a serra, até que de súbito ouviram os lamentos dos bois e perceberam algo como uma sombra que corria, mas logo a sombra foi encurralada pelos animais, que a rodearam como se formassem e fossem e forjicassem uma parede, resistindo a todas as investidas da fera, enquanto aguardavam a chegada dos homens.

Os outros bois abriram caminho e logo os caçadores estavam próximos o suficiente e em posição de pular para a ilha de terra, partejada do mar de bois da ribeira, para assim confrontar a onça que, acuada, parecia ao mesmo tempo um demônio faminto e a encarnação da beleza perigosa.

Todos se prepararam e todos temeram.

Mesmo assim se persignavam e pulavam na cova da fera absoluta.

O primeiro a pular foi Come-Facas e também foi o primeiro a morrer, porque a onça saltou em cima dele com tal afoiteza que, antes de o diabo coçar o olho, ele já a tinha sobre os peitos, montada; foi quando Pedrinho do Beiço Lascado pulou dentro do "olho do redemunho" e a feriu no fofo do bucho, com a javelina.

Furou por duas vezes e morreu com um coice no peito, que o fez golfar sangue e cair pra trás.

Balduíno Sete Palmos entrou no pagode e a onça resolveu brincar com ele; fazia muitos gatimanhos e ele parado, até que lançou a javelina, que esfolou a orelha da criminosa.

Ela urrou e pulou em cima do azarado.

Com uma mordida desconjuntou a cabeça do valente, que amolengou e pendeu do pescoço dele, como uma fruta mal colhida.

Balduíno, o de muita coragem e poucas palavras, caiu no chão escabujando, como uma galinha mal degolada.

Lelo Sete Mortes saltou, mas ao se deparar com os olhos da onça deu as costas e tentou romper a barreira de bois para fugir; a onça foi atrás e o arrastou pelas calças para o meio da ilha de sangue e areia em que reinava e o pisoteou; momento em que se apresentou Joaquim João e foi andando pra ela, aparentemente sem medo, e ela, aceitando o desafio, foi caminhando pra ele, devagar.

Enercino prevaleceu-se da ocasião e pulou também, e como um touro cego de fúria correu para atacá-la.

Ela percebeu e se voltou para ele, e saltou para derrubá-lo; ele, no entanto, conseguiu atravessá-la com a javelina, mas recebeu uma cabeçada no peito que o fez cair desacordado.

Joaquim João correu para socorrer o amigo.

No entanto o golpe de Enercino não foi em vão. Fez a onça cair de lado, muito ferida, respirando depressa.

Entonces um dos touros, que servia de pedra de muralha, voltou-se para ela, a levantou com os chifres e jogou-a mais adiante, onde se fez um claro para receber o corpo da malvada.

Uma segundo touro fez o mesmo, como se festejasse.

E um terceiro.

Um alvoroço encheu a fazenda Cacheada de alegria.

Por fim, quando Maria Medonha estava definitivamente morta, os bois patearam a carcaça para que nada restasse da maldita.

Entretanto quem parecia mais feliz que os touros era Chico Chato, que, assim que os animais se espalharam, saiu esquipando com o burrinho e gritando:

— A onça morreu. A onça morreu.

E assim passou a voz; deu o recado às pedras, ao rio, as árvores, aos bichos de pelo, de pena, de escama, de couro e de casco e a tudo o mais que existia na Ribeira da Brígida.

[LVII]

E, depois de muito tempo, Chico Chato viu-se diante da casa de vivenda da Boa Noite e falou a João das Quengas, que já tinha ouvido dele mesmo, embora o doido não lembrasse como, da morte da onça; daquela vez falou que Enercino estava machucado, mas vivo, e que Joaquim João era tão bonito que tinha enfeitiçado a malquerida.

João das Quengas e Miguelão seguiram para a Cacheada com uma carroça. A carroça em que trouxeram Enercino para que fosse outra vez cuidado pela menina e com que depois voltaram, levando cruzes toscas e ferramentas, para enterrar os valentes que a onça matou.

Miliquinhento rezou por eles, e Chico Chato, que, voltando a si, foi ajudar no enterro do que sobrou dos valentes, prometeu construir ali o cruzeiro mais alto do mundo.

Depois procuraram algum osso da onça, mas não acharam sequer um pelo.

[LVIII]

Enercino, assim que abriu os olhos, achou que estava vivendo a mesma coisa outra vez, mas logo percebeu que era só parecido.

Olhou a menina e a menina sorriu com meiguice. Ele pediu:

— Me dê um pouquinho d'água, me dê.

Maria Flor deu de beber ao namorado, que, com a proximidade da moça, com o cheiro da moça e com a fraqueza do corpo, quase engasgou e deixou que um pouco de água escorresse pelo queixo.

A moça o enxugou com muito carinho.

Ele se agitou por um momento e perguntou:

— Eu matei a onça?

— Matou.

E Maria Flor riu sem mirá-lo, ainda enxugando a água que já não havia. Depois o fitou nos olhos e disse:

— Agora vai ter que casar comigo.

E o beijou com muito cuidado, para que ele não quebrasse, não se esfarelasse, não se desfizesse em pó, em réstia de sol depois da invernada.

Entremez da Silibrina

[I]

Depois de matar a onça, Enercino se tornou rei sem coroa da Ribeira da Brígida, e o lugar voltou a ganhar ares de prosperidade.

Mas é bom que se diga que Namorado cumpriu a promessa que fez à santa e tratou as mulheres sem prepotência.

Na Ribeira da Brígida mulher nenhuma obedecia a homem se não quisesse; do mesmo jeito e modo, conforme o voto feito a São Lázaro, em terras onde chegava a influência do marido de Dona Menina não se matava bicho nenhum que não fosse para comer, e isso incluía não só miunça, mas também a riqueza maior da ribeira, o gado vacum, que deixou de seguir a estrada geral das boiadas para se acabar no arrecife com uma marretada no toutiço.

Com Enercino, nenhum... era nenhum mesmo.

Entonces do que sobrevivia a gente da Ribeira da Brígida?

Do que plantava, porque Maria com sede esqueceu as terras queridas por Santa Bárbara, desde que a onça virou pó debaixo dos cascos dos bois.

E também, nos apertos, de ouro, isso mesmo, de ouro, porque os sobreviventes da guerra de Maria Medonha, sempre que careciam muito, encontravam o metal que nunca enferruja.

Diziam, mas parece que é mentira, que os ossos dos homens que a onça matou, com o tempo, viravam ouro.

Por conseguinte, o mais certo, o mais fiável, é que o chacinador da Casa da Torre, Juveniano da Costa Favela, fundador da fazenda Cacheada, deixou por toda a ribeira panelas, botijas e botelhas recheadas de ouro e o roteiro da fortuna foi encontrado por Maribela, que o passou a Enercino.

Mas, de ordinário, os habitadores da Ribeira da Brígida viviam mesmo do que plantavam.

Portanto o que plantavam servia para manter viva e com saúde toda a gente que restou dos tempos da malestrosa, inclusive os negros acaboclados de Papacaça, que foram convidados a habitar a vila e se apossar de algumas fazendas.

A maioria desceu da serra, mas vez em quando voltava, não para o sítio, mas para a mata da Trança, onde praticavam um culto a que deram o nome de cabula.

E era também das lavouras de mandioca, milho, feijão, fava, amendoim, cará, inhame, maxixe, quiabo e dendê que sobreviveu a gente que chegou depois; porque Miliquinhento, vestido com um camisolão azul, que ganhou de presente de Sá Jérica, foi autorizado e incumbido a sair pelo mundo e arrebanhar viventes para repovoar a ribeira.

Ele conseguiu.

Veio gente dos sertões agrestes e dos sertões mimosos, do Seridó e do Sabugi, de Pastos Bons e da Farinha Podre, e a Ribeira da Brígida foi só felicidade.

É certo que de quando em vez o bicho governo queria entrar e era recebido a bala, assim como padre e até pastor, que ou se adequavam a viver sob o estatuto da ribeira ou iam logo embora, batendo o pó das alpercatas, e foi assim até que Fridolina sangrou.

[II]

Foram dizer a Ivone Alegria dos Homens, Amor dos Meninos, Remédio dos Velhos que Chico Chato chamou a menina recém-nascida de Fridolina, nome que ainda não existia na ribeira.

E, como um tatu cheira o outro, Ivone gostou e a menina passou a chamar-se, para todos os efeitos, Fridolina.

Fridolina era muito branca e tinha uns olhos verdes bem clarinhos, da cor da casca do milho, que acendiam quando ela chorava para mamar ou se enraivecia.

Porém, com o passar do tempo, a meninazinha foi escurecendo, até se tornar preta retinta.

Mas exibia nos modos alguma coisa de gata, de onça.

A beleza perigosa que ninguém esquecia.

Razão pela qual todos temiam a filha de Ivone, menos Maribela, que estava seguindo pela mesma vereda que Chico Chato e Miliquinhento. Ela dizia:

— Tenho medo de ti não, porqueirinha. Enxotei tua mãe dessa casa e não vou poder contigo?

E a menina sorria.

Por isso e por mais um pouco, Maribela amadrinhou Fridolina e tornou-se mãe de fato, embora não de direito, da criatura, principalmente depois que Alírio, tomado de amor desnaturado por ela, quis ofender a menina ainda no berço, empregando para isso o dedo nodoso de velho.

Maribela descobriu a malinação ainda em preparo e matou o pervertido.

Veio por trás dele, silenciosa como uma canguçu, e quando o velho virou-se, enfiou uma tesoura, até o cabo, na barroca do pescoço dele, bem no pé da goela.

Enercino não quis acreditar quando soube; mas não desdisse a cunhada e, quando se sentiu atraído pela menininha que só engatinhava e não falava coisa com coisa, pensou o que todos pensaram sem dizer: a menina é filha da onça.

Porém ele ponderava:

— Como, se a onça era fêmea?

Não soube nunca, mas, quando pensava visitar Sá Jérica, foi procurado por Maribela, que pediu para cuidar da menina, para criar a menina na fazenda Minha Madrinha.

Enercino deixou de imediato, embora Maria Flor ponderasse que talvez não fosse a melhor solução. Mas, como ele não achou outra, Maribela seguiu para a fazenda, acompanhada por Raquel, única das viúvas do Coronel Inácio Cordeiro que aceitou voltar à morada de seus suplícios.

Quanto a Ivone?

Ivone sumiu em uma noite de tempestade, e dizem que vive até hoje.

[III]

As filhas do Coronel Paulino da Pedra casaram, com exceção de Maribela.

Xanduzinha foi embora com um prestamista que vendia enfeites para damas e dizem que virou atriz de cinema mudo, seja lá o que for cinema; Cecília casou com Joaquim Barreto Souza Leão e foi morar em Recife, em um palacete no Poço de Panela; Lara, também chamada Moça Feia, casou-se com Joaquim João, por cognome Prinspo, e foi feliz até o marido morrer depois de cair do cavalo, que já não era Zé Américo.

Ela morreu logo depois, não inteirou um ano. A última frase que disse a Constança foi:

— Ele me fazia bonita só de me olhar.

Maria Flor casou com Enercino e foi feliz como ninguém na terra, durante cinco anos, até que morreu de parto, deixando o marido inconsolado por meia década, fiel ao seu amor viúvo, porém, em certa noite abrasadora, em que a lua se derramava pela ribeira como um sol coberto por um véu de noiva, reparou em Constança e lembrou do dia em que ela foi dar o aviso da morte do pai; reparou de novo e ficou perturbado com a beleza da mulher, que o chamava sem dizer palavra alguma.

Ela o chamava.

Ele foi e trilhou o melhor dos caminhos do mundo, embora estreito, quente e molhado, e depois casou-se com ela.

Menos de nove meses depois Constança deu à luz uma menina, Febrônia, assim chamada porque o corpo dela era mais quente que o corpo do comum dos filhos de Deus, ainda que ela nunca adoecesse por conta disso.

Ou por qualquer outra coisa.

Porém a menina, muito parecida com a mãe, não conviveu muito tempo com os pais, uma vez que Enercino teve que brigar com o bicho governo, que chegava cada dia mais brabo, até que não voltou vivo.

Voltou carregado.

Constança, depois de conhecer a felicidade, não quis mais saber de tristeza e morreu porque quis, sem pensar na filha, coisa de um mês depois de enterrar Enercino, o que perdeu a mulher na flor dos anos.

[IV]

Até que Febrônia se fizesse mulher, foi Fridolina quem reinou na ribeira. Já moça-feita e depois mulher inteira, fazia o que queria porque desencaminhava qualquer homem.

Homem que fizesse ajuntamento com Fridolina nunca mais era o mesmo.

Não eram raros aqueles que se matavam quando ela se aborrecia deles, desesperados em razão das recusas ou crueldades dela.

Outros se apequenavam e faziam tudo que ela queria, bastava pedir uma vez somente.

A filha da onça, ou a Silibrina, apelido que ganhou das mulheres, chegou a manter um harém de machos que tinham que pintar a boca de encarnado, deixar a unha crescer e se vestir de mulher pra ganhar, como paga, um bocadinho de atenção, que às vezes era só uma mordidinha no nariz ou um alisar de cabelos, como se faz a um cachorro.

Não havia homem que pudesse resistir a Fridolina, que gostava de exercitar o poder que a onça lhe dera.

Era tão fogosa e tão lasciva que era sabido por todos que, ao gozar, os olhos dela cintilavam, como os de uma gata janeira.

Muitos homens, depois de a terem por mulher, ficavam de tal modo esgotados e exauridos que se tornavam imprestáveis para o dever noturno.

E havia ainda os que enlouqueciam, por isso Febrônia, com o auxílio das outras mulheres, expulsou Fridolina da ribeira, exilando-a na parte "de fora" da serra da Catruzama.

Por esse tempo ela havia se amancebado com um homem muito rico chamado Rosendo Martino, que viera dos confins do mundo, seduzido pela fama da mais bela de todas as mulheres que habitavam o sublunar.

O marido ergueu para ela uma casa magnífica, em cima da serra, e como Fridolina achou o falar do marido mais bonito que o falar da gente da ribeira; nas fraldas da serra da Catruzama — que alguns chamam dos Bernardinos, do Minador ou ainda do Surrão — cachorro é cusco, batata é munhata e ninguém come o milho que se chama mío-mío.

[V]

Chico Chato é que não morreu, mas no tempo de Fridolina foi o único que a acompanhou, além do marido, é claro.

Os outros homens ela não quis consigo porque não impediram as mulheres de expulsá-la, ou seja, porque não mataram Febrônia, que não tinha parte com a onça mas conseguia ser ainda mais astuta que bela.

Chico Chato a acompanhou, mas nem mesmo ele sabia por quê.

Quem sabe pra avisar a gente da ribeira sobre as artimanhas da Silibrina?

Afinal de contas, Chico era doido e não sentia atração por ela.

Mas pode ter sido também porque o marido de Fridolina o ensinou a ler e tinha muitos livros que ele pegava emprestado e lia sem entender muita coisa, embora enlevado.

O certo, porém, é que Chico Chato foi mudando de natureza; é o que dizem.

Endireitou e virou um velho espigado, muito velho, de olhos zarcos, que atende pelo nome de Chico Matoso.

Até que não aguentou mais o peso dos anos, engoliu pitomba e virou um menino sambudo, de nome Tiotõe.

Anos depois abusou de ser menino, engoliu pitomba outra vez e virou velho de novo e é assim até hoje.

E quem quiser que duvide.

Foi ele, o velho, não o menino, quem contou a um homem que fazia muitas perguntas e falava muitas línguas uma história comprida e confusa demais, quando o curioso indagou sobre a casa de cima da serra, aonde ninguém ia.

Nessa época Chico morava no arruado construído no sopé da Catruzama, pelos apaniguados de Rosendo Martino.

Falou mais ou menos assim:

— Isso foi há muito tempo. Contam. Meu pai contava que tudo começou quando uma pareia de amigos chegaram por aqui. Eles vinha da guerra das duas Rosas. Era não, vinham da guerra do Rosas, é isso. Rosas era um tirano da ribeira do Prata, que não tinha prata mas era lugar bom pra criar gado.

"Eles chegaram e fundaram duas fazendas.

"Uma chamava Caprichosa e a outra Não Me Toques.

"O dono da Caprichosa ficou conhecido por João das Regras e o da Não Me Toques era chamado, pelas costas, que ninguém era besta de falar pela frente, de Bala Doida, mas o nome mesmo era Malvino.

"Aí já velhinhos, estabelecidos, ricos, se desaviaram por uma bobage: quem deveria batizar o filho de Raimundo Pires?

"Raimundo Pires era o ventanário, e o filho dele acabou morrendo de febre de sete dias.

"Juro ao senhor que foi assim que a desgraça entrou pela ribeira e tomou conta das serras em volta.

"Foi guerra sem quartel e só acabou quando, já mortos os velhos, o filho de João das Regras, João Menino, atacou a fazenda de Coriolano, filho mais velho de Malvino, com um magote de jagunços recrutados no Pajeú, de Pernambuco e no Cariri, da Paraíba.

"Ele matou Coriolano, mandou castrar Ricardo, o filho mais novo e manso de Bala Doida, e deixou que Catarino Vira-Saia, um dos jagunços, estrompasse Naninha, irmã de Coriolano, com uma espiga de milho; depois tocou fogo na casa de vivenda e voltou satisfeito.

"Mas antes de chegar na Caprichosa fez um voto a Deus: daria ao Criador a primeira pessoa que saísse ao encontro dele, e quem saiu foi Mariinha.

"Mariinha era a filha mais querida de João Menino e estava de casamento marcado com Ponciano Feitosa.

"Por isso o ferrabrás sorriu amargo e nem festejou direito a vitória sobre o inimigo que ganhou de herança do pai.

"E alguns dias depois, logo que dispensou os jagunços, avisou a moça que ela, sem demora, seguiria para o convento das irmãs carolinas.

"Quando o noivo veio visitá-la ouviu o que não queria e foi embora arrasado.

"Não voltou mais.

"A moça fugiu com um vaqueiro e, com o perdão da má palavra, foi viver de dar a boceta na cidade de Sergipe del-rey.

"Já Alfredinho, filho mais novo dele, se acabou por conta de uma ferida braba, que do dedão do pé foi engolindo o corpo todo.

"A ferida tinha nome: câncio.

"Ascenso, o mais velho, que era manso mas acompanhou o pai na chacina da Não Me Toques, endoidou ouvindo milho de pipoca estourar na panela, e o filho do meio, Florizel, ruim e malino como uma cobra de resguardo, caiu do cavalo e morreu.

"Elvino, o faz-tudo da Caprichosa, morreu também, picado por cascavel.

"Os escravos fugiram.

"A mulher de João Menino morreu de tristeza e ele mesmo enlouqueceu.

"Morreu sozinho e a casa virou lugar de coisa à toa, por isso quem é aqui de baixo não sabe a serra."

O perguntador, que, enquanto ele falava, só ouvia, arregalando muito os olhos, perguntou:

— Mas por que tanta gente fala diferente da gente dos arredores?

— Ah, porque os fundador falava assim e o povo quis imitar, mas o senhor não sabe e eu não posso dizer tudo. Faltou uma parte.

— Uma parte importante?

— É, não contei a história completa porque esqueci do diabo, que anda muito por aqui. O diabo aqui chama Capa-Verde, e foi ele quem ensinou João Menino a vencer a guerra, ensinou a ele uma língua, um máo-ladrado que só serve para amaldiçoar e chamar os demõe.

"Dizem.

"Dizia meu pai que disseram a meu avô Bastião que os jagunços do Pajeú não eram do Pajeú não, nem do Cariri, eram do inferno mesmo, da casa do cão-demõe, invocados por João Menino.

"Aí, quando o pactuário voltou de lá, do inferno não, da fazenda Não Me Toques, quis fazer as pazes com Deus inventando aquele voto desastrado.

"Capa-Verde não gostou muito não e jogou água na fervura de quem queria saber mais que ele.

"Foi aí que se deu a desgraça completa, e eu paro por aqui mesmo que já falei demais."

O intrometido não acreditou em "Chato" Matoso, mas quando voltou pra cidade grande, que nem era tão grande assim, escreveu um livro com o qual ganhou muita dor de cabeça e dinheiro nenhum.

O livro se chama: *O que o velho me contou*.

Pergunte a Tiotõe

[I]

— Que diabo de lugar é esse, meu capitão?

O Capitão Mocinho Godê não respostou e o bando seguiu calado, embora cada um dos homens que o seguia e o próprio capitão dariam uma noite de sono bem-dormida para responder a pergunta de Remelexo.

Isso porque eles não saberiam dizer quando começou o desmantelo.

Nem mesmo o rastejador Jiboião poderia assegurar como e onde tinha sobrevindo o desastre, só sabiam que fora depois do mau encontro que tiveram com a volante do Major Zuza Garcia, quando, em fuga, tomaram o rumo da serra das Confusões e as coisas começaram a ficar estranhas.

O que, exatamente, nenhum deles sabia.

E por não saber seguiram adiante, afinal de contas, de certa forma, tudo continuava o mesmo, embora tudo estivesse diferente.

Os bichos de pelo, de pena, de escama, de couro e de casco eram os mesmos, assim como os pés de pau, de planta, de flor e de árvore, portanto a gente que se escondia na mata devia ser igual à demais gente do mundo.

Não havia o que temer.

Mas havia.

E houve o doido.

O único pé de pessoa que encontraram pelo caminho falava um máo-ladrado que ninguém entendia e olhava com o olhar chamejante de todas as fúrias.

No mais era tudo o mesmo e não era, até que eles chegaram a um arruado, onde só encontraram um menino chupando manga, sentado em cima de um matulão.

— Cadê os homi daqui?
— Se acabaram tudo.
— Ah, foi?
— Foi, sim, senhor.
— E tu não é homem?
— Eu sou menino.
— Cadê as mulé?
— Tão escondida.
— Naquela casa grande de riba da serra?
— Não, na gruta do pé de pau.
— Te deixaram aqui por quê?
— Pra dá ao senhor esse matulão.
E o menino levantou-se.
— O que é que tem aí dentro?
— Veja o senhor mesmo.

O capitão bateu com força no rosto do menino, que caiu rebolando no chão, mas não chorou.

A manga foi parar longe.

Ele se levantou já limpando a poeira da bunda e disse:
— Carecia disso não, capitão.

O capitão não respondeu e gritou:
— Ameaço, abre pra ver o que tem aí.

Ameaço abriu e todos se quedaram maravilhados com as muitas moedas de ouro.

O capitão mandou esvaziar o matulão, e as moedas se espalharam diante da igrejinha do arruado.

Ele pegou uma delas, examinou e disse:
— Deve ter mais.

Depois perguntou:
— Tem mais, menino?
— Tem não, meu capitão.
— Mariano, Três Vintém, Flaviano, procurem nas casas e na igreja, que eu fico aqui.

E, voltando-se outra vez para o menino:
— Qual é teu nome?
— Tiotõezinho.
— Titõezinho, onde é que a gente tá?
— Tiotõezinho.
— Não me arremede não, moleque maluvido. Onde é que a gente tá?
— Na serra da Catruzama.
— Onde fica isso?
— Onde fica?
— É Oropa, França ou Bahia?
— Sei não, senhor.
— Qual é a vila mais próxima?
— Uma vez Donana disse que era Santo Antônio dos Bredos. Mas eu não sei.
— Santo Antônio dos Bredos? Nunca ouvi falar. Qual a fazenda mais perto daqui?
— Sei não.
— Como não sabe?
— Eu nunca saí daqui. Ninguém saiu.
O capitão se voltou pra um dos homens que o acompanhava e perguntou:
— O que que tu acha, Ameaço?
— Pra falar a verdade eu não acho é nada, meu capitão.

[II]

Mariano e Flaviano voltaram com novidades. Foi Mariano quem falou:
— Meu Capitão, nós encontremo uma casa com comida, água, fogo, rede e até cachaça.
— Não me diga.
Flaviano interveio:

— Meu capitão, quando a esmola é grande o santo desconfia.

Mas Mocinho Godê não lhe deu ouvidos e perguntou a Três Vintém, que saía da igreja apalermado:

— O que é que tem lá dentro, além de morcego?

— Meu capitão, é a igreja mais bonita que eu já vi.

— Por quê?

— Porque é toda pintada.

— Eu quero ver. Menino, vem aqui pra perto.

E os oito homens, mais o menino, entraram na igreja.

Abriram a porta de par em par e quedaram-se de boca aberta, pois por trás do altar estava pintado um retrato de Cristo glorioso, rodeado por anjos.

Por isso entraram logo na igrejinha, que por fora era singela, mas por dentro parecia bem maior do que por fora e estava muito limpa.

O teto também era pintado, e os homens ficaram olhando as muitas cenas do paraíso, como o boi pastando com a onça e o menino brincando com a cascavel.

Quando os cangotes doeram eles olharam pros lado e perceberam que nas paredes laterais estavam pintadas cenas da vida de Jesus, e a mais impressionante era a da crucificação.

— Dá até dó, meu capitão — falou Rela-Bucho, mas o capitão estava embevecido.

E todos ficaram olhando admirados as figuras, até que o menino puxou o capitão pelo braço e disse:

— Já tá tarde.

E só então Mocinho Godê deu-se conta que anoitecia.

Saíram da igreja atarantados com a passagem do tempo e seguiram para a casa que serviria de pouso.

A caminhada serviu para que eles voltassem a si e tomassem ciência da fome que os acometia.

Lá, Remelexo preparou e distribuiu a comida e o capitão disse:

— Come, menino.

Não precisou mandar duas vezes, porque o menino se atracou com um bocado de macaxeira com carne guisada como se estivesse pra morrer de fome.

Jiboião fez o mesmo e depois todos.

Em seguida, já de pança farta e em meio a arrotos e cachaça, foi Rela-Bucho quem falou:

— Eu tô besta com aquela igreja.

O menino cochilava e o capitão o sacudiu com violência:

— Menino!

— Tiotõezinho. Seu nome é Capitão, o meu é Tiotõezinho.

— Menino, quem fez aquela igreja?

— Sei não, mas todo mundo diz que foi Seis Ofícios.

— Quem?

— Seis Ofícios, foi ele também que construiu a casa de Sinhá Fridolina, lá em riba da serra, a que ninguém vai.

— Por quê?

— Porque é lugar de mal-assombro.

— Pois eu vou.

— O senhor vai chegar lá como?

— Antes eu vou na gruta, vê as mulé daqui.

— Eu não ia não. As mulé é tudo feia. Tudo catrevagem.

— Pois eu vou, menino. Tu vai me levar e depois vai me governar até a casa de riba da serra.

O menino arregalou os olhos e perguntou:

— Como o sinhô sabe que eu sei chegar lá?

— Oxe, e qual é a dificuldade? Todo mundo deve saber.

— Sabe não. Os caminho é difícil. Eu sei.

— Depois de ver as mulé nós vai.

— O senhor tem certeza que quer ir na gruta?

— Tenho.

— As mulé não vai gostar.
— E eu lá tenho medo de mulher?
— Meu capitão... — começou Três Vintém, e Mocinho Godê o interrompeu:
— Já sei. Eu vou ver. Sossegue... Vamo dormir.
Porém os oitos homens demoraram a pegar no sono enquanto o menino dormiu como uma criança.

[III]

Manhãzinha seguiram para a gruta, que ficava na subida da serra.

O menino fez tanto arrodeio e perguntou tantas vezes se o capitão queria mesmo ver as mulheres, que o capitão o espancou de tirar sangue.

Mas ele não chorou e com o nariz mole enfim conduziu o bando até diante de uma lapa, na frente da qual crescia um pau-d'arco nu.

Ao chegar lá uma velha feia, com um lenço roxo na cabeça, saiu cuspindo fumo e depois, se lamuriando, falou:
— Eu fiz de tudo. Deixei ouro, comida, inté cachaça, mas homem é bicho ruim mesmo.

E depois, falando pro menino, disse sem perguntar nada:
— Tiotõezinho.

O menino espigou-se e se justificou:
— Eu fiz tudo como a senhora mandou, Tia Chica, tudinho.
— Disse pra mode eles não correrem pra gruta?
— Disse.

O capitão se irritou e falou brabo:
— Fale comigo. Tem um homem aqui, bem na sua frente.
— Ah, tem um homem? Faz é tempo que eu não vejo um homem.

Três Vintém riu e disse:

— Eu gosto assim. De quem tá precisada.

E olhou a velha de modo impudico.

Foi quando uma borboleta amarela pousou no pau-d'arco e mais outra e mais outra, tantas que logo o pé de pau quedou-se vestido pra festa, enquanto o capitão se enfurecia ainda mais e a velha o fitava com desdém.

— Fale comigo.

— O que o sinhô quer?

— Chame as mulheres aqui pra fora. Eu não quero velha nem menina. Só mulé.

— Eu não vou chamar ninguém. Chamo não. Não tem quem me faça.

— Eu vou entrar.

— Vai não sinhô.

— Tome tenência, eu lá tenho medo de velha?

— E de bala?

Mocinho Godê sorriu como se não acreditasse no atrevimento e com a voz mais tranquila, embora carregada de ódio, disse:

— O que tem aí dentro?

— Nada que o sinhô queira.

— O que tem aí dentro?

— Minha família.

— Mande sair.

— Ninguém vai sair.

E de repente o capitão deu-se de conta de que o pau-d'arco parecia vivo de tanta borboleta.

Mocinho Godê logo mudou de atitude, fingiu desdém e entonces falou:

— Ameaço, passa fogo nessa velha.

Mas a velha o olhou de modo matreiro, como se adivinhasse alguma coisa, depois respostou:

— Aqui só tem velha e menina. As mulé tão lá em cima. Tiotõezinho leva o sinhô lá.

— Levo, sim, senhor capitão — garantiu o menino, falando bem explicado. Só faltou mesmo bater continência.

— Cala a boca, menino.

E o capitão olhou a velha, bufando de tanta raiva, depois disse:

— Eu vou subir, mas eu desço. Se não tiver ninguém lá, eu volto.

— Eu vou ficar esperando.

Deu as costas e entrou na furna.

Três Vintém, desconsolado, deixou escapar um:

— Oxe.

Mas o capitão fingiu que não escutou e o menino, que não era besta nem nada, foi seguindo adiante e pra cima.

[IV]

Foram caminhando por uma trilha que o mato quase engolia e que, não raro, acabava em um pé de árvore qualquer; aí o menino logo descobria, no meio do mato fechado, o rastro da trilha, que nem Jiboião, tapejara experimentado, rastejador famoso, encontrava.

E assim deu meio-dia.

Eles pararam pra comer e descansar.

E ainda jiboiando o capitão perguntou:

— Falta muito, menino?

— Falta.

— Como é que pode isso? — perguntou Mariano.

— É que isso tudo aqui é terra de mal-assombro — respondeu o menino, e Mariano tomou coragem para prosseguir:

— Entonces isso só pode ser uma armadilha, meu capitão.

— É isso mesmo, menino?

— É, tia Chica mandou eu levar o sinhô até lá porque de lá ninguém torna.

— E as mulé? — perguntou Três Vintém.

— Deve tá lá com ela, mas são muito feias.

— Tu não tem medo de revelar isso não? — interveio Ameaço, que nem era de gastar latim à toa.

— É que eu não posso mentir.

— A gente já tá aqui. Vamo continuar — disse o capitão e completou: — Demora ainda quanto tempo, menino?

— Sei dizer não, às vezes é rápido, às vezes demora. Penso que dessa vez demora, como respondi da outra vez.

— Por quê?

— Não sei, não, senhor.

— Quem mais sabe chegar lá em cima?

— Ninguém, e de lá ninguém volta vivo. Só eu.

— Por causo de quê?

— Tia Chica diz que eu nasci laçado e que eu sou tão infeliz que até o diabo tem pena de mim.

— O diabo pode ter pena. Eu não — disse Mocinho Godê, pra encerrar a conversa.

Mas Ameaço perguntou:

— Tu não tem mãe?

— Tenho não, quer dizer, tenho, mas ela morreu. Eu não conheci.

— E teu pai?

— Meu pai foi embora pra não ser governado por mulher.

— Por que não te levou?

— Eu era muito pequeno e...

— E o quê?

— Tia Chica disse que ele não gostava de mim, não.

— Bora prosseguir. Avie.

Falou o capitão se pondo de pé e o menino saiu pelo mato pra reencontrar a trilha, o que conseguiu sem dificuldades;

portanto todos continuaram até que o capitão escolheu um lugar, que eles "roçaram", para passar a noite.

[V]

Os homens e o menino comeram, mas, antes de dormir, Mariano perguntou:
— Tiotõezinho, o que que tu sabe sobre a casa?
— Que é de Dona Fridolina.
— Quem é Dona Fridolina?
— Uma mulher bonita, a mais bonita que já se viu.
— É mulher de quem? — perguntou Flaviano.
— Do Major Ursulino da Siliveira, que foi quem começou isso aqui. No tempo do rei.
— De que rei?
— Não sei, não, senhor.
— E o que é que tu sabe, menino? — perguntou o capitão.
— De quase nada.
— Fala de uma vez.
— Sei que o major voltou de uma guerra grande e trouxe a mulher, Fridolina, que tinha os olhos azuis e o cabelo amarelo como flor de ipê. E muito escravo preto e caboclo manso e fez disso tudo aqui uma fazenda grande.
— Essa mata era fazenda?
— Era, sim, sinhô, conforme dizem.
— E aí?
— Aí ela se aborreceu com a vida que levava. Era mulher caprichosa, rixosa, renitente e irascive.
— O que é irascive?
— Sei não, mas diz que era. E o marido fazia tudo que ela queria. Era um Pai Gonçalo. Até que chegou um negro livre, que não era escravo; nesse tempo os preto eram cativo, mas esse era livre.

— Faz tempo que negro não é escravo — disse Jiboião.

— Sorte tua — debicou Remelexo, mas ninguém pôs reparo na brincadeira, e o menino respostou a Jiboião:

— Mas eram. Esse negro era famoso por duas coisas. Tinha um ombro mais alto que o outro e só não era mais inteligente que Deus. Chamava Seis Ofícios.

— Por quê? — perguntou o capitão.

— Porque sabia seis ofícios. O senhor não é como ele.

— Eu sei matar e bater, menino.

— Ele era arquiteto, pedreiro, carpinteiro, marceneiro, ourives e geómata.

— O que é geomata? — perguntou Mariano.

— Sei não, mas ele era.

— Entonces me diga o que tanta inteligência veio fazer nesse fim de mundo? — perguntou Ameaço, um pouco aborrecido com a latomia.

— Veio atrás de uma mulher e da filha dela, que eram cativas.

— Estava com a venta furada?

— É. Ele trouxe muito ouro pra pagar por elas. O major quis vender, mas Dona Fridolina não. Ela era muito manhosa. Fez um desenho e disse que, se ele construísse a casa do desenho, o major libertava as duas.

— Ele construiu?

— Construiu.

— Igualzinha?

— Igualzinha. E ainda fez os móveis e deu muita joia de presente pra Dona Fridolina.

— O major libertou as mulé?

— Libertou mãe e filha, aí Seis Ofícios foi embora, mas antes pintou a capela.

O menino bocejou, e Remelexo, que estava muito assustado, falou:

— E acabou a história.
— Acabou não. Depois que Seis Ofícios foi embora, a mulher ficou ainda mais caprichosa e começou a brigar com Major Ursulino. Uma vez o major ficou com tanta raiva que não aguentou, bateu nela de tirar sangue.
— Matou ela?
— Matou não. Se arrependeu. Aí ela expulsou ele de casa e disse que não subisse a serra. Ele obedeceu e ela expulsou tudo que era macho da casa. E aí acabou a história.
— Se acabou tu vai apanhar, menino — disse o capitão.
— Acabou. É muito sem graça o resto. O major subiu só mais uma vez e pediu pra que ela abrisse a porta, e ela não abriu não. Aí ele arrombou, entrou e depois saiu correndo. Morreu doido e não subiu mais a serra.
— Ninguém mais subiu?
— Subir, subiu, só que volta doido. Os que têm sorte. A maioria não volta. Eu volto porque sou desgraçado. Quem é desgraçado volta. Mas não desgraçado comum assim como Vossas Senhorias; desgraçado, desgraçado, que nem eu.

Ameaço riu e disse:
— Ou esse menino é filho desse Seis Ofício ou tem inteligência de peru novo.

Todos sorriram, menos Tiotõe.
— Eu conheço história de Trancoso melhor — falou Mocinho Godê e encerrou a conversa.

[VI]

O capitão, e não apenas ele, não dormiu direito, assustado com algo difuso e amedrontador, portanto, ao acordarem, todos sentiam-se confusos e fediam, pois o suor do medo fede mais do que o suor do cansaço.

Mas, manhãzinha, enquanto bebia café adoçado com rapadura, Mocinho Godê, que não era chefe à toa, percebeu que mais alguma coisa não estava direita e perguntou a esmo:

— Quem tentou fugir?

Todos ficaram quietos e Mocinho Godê prosseguiu, sem medo de errar:

— Remelexo? Rela-Bucho? Qual dos dois?
— Nós dois, capitão — respondeu Remelexo.
— E por quê, estão com medo?
— Eu tô.
— Eu também. Esse menino é o cão.
— Menino, tu é o cão?
— Eu mesmo não. Sou Tiotõezinho — respondeu o menino, aprumando o corpo, empertigando a cabeça e estufando o peito.
— Ele tá lhe enfeitiçando, capitão — falou Remelexo.
— Ah, tá. Eu não sabia.

Três Vintém interveio:

— Tá, capitão, senão o senhor nunca que ia dar ouvido àquela velha.

Mas foi o menino quem respondeu:

— Eu mesmo não tô enfeitiçando ninguém não. O capitão não entrou na loca porque viu as brabuletas. Ele tem medo de brabuleta. Sempre teve. Inda mais amarela.

O capitão, que ia beber mais um gole de café, rebolou o caneco no chão e partiu pra cima do menino.

Tiotõezinho tentou se defender; aí o capitão segurou os braços dele rente ao corpinho mirrado, levantou o desgraçado e, com as duas mãos, jogou ele contra um pé de árvore.

O menino desmaiou. Mesmo assim, Mocinho Godê se aproximou e bateu e chutou ele como não se faz nem com um cachorro da moléstia.

— Assim o senhor mata ele, meu capitão — disse Ameaço.

— E a gente nunca mais sai daqui — falou Remelexo, que tremia dos pés à cabeça.

O capitão parou de bater no menino e voltou-se pra ele:

— Entoice não fugiram porque não conseguiram fugir e não porque se arrependeram, não foi?

— Foi isso mesmo, meu capitão, parece que a mata se fechava e não deixava a gente passar; o jeito foi voltar pra trás.

Ameaço aproveitou que o capitão tinha parado de bater e foi olhar o menino de perto. Parecia morto, mas, de repente, abriu os olhos e começou a se mexer, depois foi se levantando aos poucos, em seguida, olhando o capitão com maus olhos, ia falar alguma coisa, mas não falou. O capitão disse:

— Eu ainda te mato, menino.

— De pancada eu duvido. O sinhô tem a mão bem maneirinha. Mais maneira que a de tia Chica.

Mocinho Godê sorriu, mas a verdade é que se arrepiou todo.

Os outros homens também sorriram para espantar o medo, e Mariano falou:

— Tiotõezinho, não abusa da sorte. Nesses dias tu se lasca.

[VII]

Um homem deixa de ser homem e vira menino de novo quando não consegue entender qualquer coisa, e assim estavam os sete homens que acompanhavam o capitão e o próprio capitão, que se perguntava por que não tinha matado o menino, embora ele mesmo soubesse o motivo.

Estava com medo.

Medo de matar o menino e vê-lo levantar-se como se nada tivesse acontecido.

Mais do que qualquer outro estava com medo, porém ignorava o que fazer, como agir para escapar daquela situação, e, como não sabia, só lhe restava seguir o menino, que caminhava rápido demais para um menino, que quase desaparecia no meio da mata e subia e subia, e Mocinho Godê não sabia se tinha mais medo de chegar logo na casa de Sinhá Fridolina ou de passar outra noite dentro daquelas brenhas.

Até que de repente eles chegaram a um trecho de mata que já não era nem capoeira, era pomar, de onde se via a casa construída por Seis Ofícios: branca, imponente e, ao mesmo tempo, assustadora.

A morada da mulher caprichosa resplandecia ao sol da manhã, e na frente dela medrava um milharal com as espigas embonecando, embora outras espigas já estivessem maduras.

O menino olhou e disse:

— Carece ter cuidado com as galinhas, que bicam forte, de tirar o couro, e...

Olhando para o capitão, completou:

— Se o cristão tropeçar e cair vão direto no olho, no pescoço e nos ovos.

Ninguém riu, e Mariano subiu em uma goiabeira para enxergar mais longe e depois de um tempo falou:

— Tem galinha mesmo, grande e com jeito de cachorro.

— Com jeito de cachorro? — perguntou Três Vintém, já tentando subir na árvore, mas sem conseguir.

— Elas são galinhas, mas com alma de cachorro — falou o menino.

— E galinha tem alma? — debochou Mocinho Godê.

Mariano desceu da árvore, Ameaço se adiantou a Três Vintém e subiu. Depois foram se revezando.

O último a subir foi o capitão, que não entendeu o que via. E, como todos esperassem que o menino falasse, ele disse:

— Daqui não dá pra voltar mais não. Voltar sem entrar na casa é impossível, senão a mata se fecha e o jeito é morrer de medo, de sede ou de fome. Quem quiser tentar? — falou olhando Remelexo e prosseguiu: — A casa tem muitas portas e janelas, todas abertas; é só correr das galinhas e entrar. As galinhas não entram na casa.

— E depois? — perguntou Jiboião.

— Depois só Deus sabe... Eu fico aqui pastorando pra ver se alguém escapa.

O capitão sorriu e disse:

— Não, menino, tu vai com a gente.

— Por mim.

E se preparou pra correr. Mas parou e disse:

— Espera um pouco...

Caminhou devagar e pegou uma espiga de milho, tirou alguns caroços e disse:

— É milho mío-mío. Quem come morre. Só não morre as galinhas. Quem tiver com medo é só comer e se acabar sem nem conseguir fazer um pelo sinal.

— Me dá aqui — disse Mocinho Godê e estendeu a mão.

O menino colocou seis grãos na mão dele.

O capitão olhou nos olhos de Tiotõezinho e disse:

— Eu acho que tu tá mentindo, menino.

— E eu acho que o sinhô é frouxo.

O capitão olhou outra vez o menino e, quando todo mundo pensou que ele ia jogar os grãos na cara do abusado e sangrar o atrevido ali mesmo, o capitão comeu o milho e não morreu.

O menino riu e correu para o milharal, em direção à casa.

Mocinho Godê curvou-se como se tivesse levado uma facada, abaixou muito a cabeça e falou com dificuldade e de olhos semicerrados, soluçando de vergonha e de raiva:

— Pegue ele. Pegue o menino.

E os homens saíram andando pelo milharal.

Remelexo ainda hesitou, mas entrou no estranho jardim, a passo de velho, até que foi bicado na batata da perna por uma galinha enorme.

O capitão sentou no chão e chorou.

[VIII]

Três Vintém foi o primeiro a entrar na casa.

Era um tipo de casa que ele nunca viu. Nem mesmo em estampa e cromo. Grande, muito grande. Entrou sem ser atacado pelas galinhas.

Não sabia que fora o primeiro a entrar, porém, por dentro do "castelo", não viu nada de mais: só uma sala grande, bem grande, de casa de fazenda abastada, como a do Coronel Zé Pereira, de Princesa.

Foi adentrando meio desconfiado.

Não havia ninguém.

Entrou em um quarto. Em outro quarto e nada.

Até que no terceiro cômodo, que não estava mobiliado, encontrou duas meninas sentadas no caixilho da janela, olhando para quem entrava. A mais velha devia ter uns sete anos, a mais nova devia ter cinco. Se muito.

Ambas eram muito bonitinhas, e pareciam ainda mais meninas por conta do penteado: tranças; amarradas com lacinhos amarelos.

As duas trajavam vestidos de chita. A mais velha um vestidinho azul, a mais novinha um vestido cor-de-rosa.

Porém o que logo chamou a atenção do intruso foi que os vestidos que as meninas usavam eram curtos demais.

Da mais velha era possível ver a ceroula, da mais nova se viam as dobrinhas da margarida.

Três Vintém sorriu.

As meninas o olharam encabuladas.
Até que a mais nova disse:
— Ele tá nu, Aninha?
— Tá, ele tá nu.
E de repente Três Vintém percebeu que não só estava nu, como brincava com a trozoba.
As meninas continuaram conversando, ele apenas sorrindo, tentando decidir quem seria a primeira.
— O que é que ele tá fazendo, Aninha?
— Sei não, Xandu.
— O pipio dele tá ficando em pé.
— Parece que tá saindo uma cabeça.
— Olha, embaixo, dentro da trouxa tem um ovo. Um não, ele tem logo dois.
— É mesmo. Eu não sabia que homem tinha ovo.
Três Vintém, que se orgulhava não só do tamanho do prativai, mas da trouxa também e dos bagos bem salientes; que já haviam deslumbrado muita rapariga e assustado quase uma dúzia de moças donzelas, sorriu outra vez, satisfeito consigo mesmo e já antegozando o que faria.
As meninas prosseguiram fuxicando:
— Vamo ver que gosto tem?
— Vamo.
As duas saltaram da janela e caminharam na direção dele.
No salto, Xandu, a mais novinha, mostrou ainda mais o pililiu.
Ele resolveu que a primeira a provar de sua macaxeira de lágrimas seria a que primeiro tocasse nele, mas, assim que as meninas chegaram perto, percebeu que não conseguia mais se mexer.
A menina mais nova puxou um dos ovos dele, com força, e arrancou, pôs na palma da mão, da mãozinha esquerda, amassou um pouco com o dedo indicador e depois comeu.

Aninha fez o mesmo, mas não amassou o dela, pôs logo na boca e também comeu.

A mais nova gritou:

— Tem gosto de maxixe. Eu gosto de maxixe que só.

A mais velha respondeu:

— Mentira, tem gosto de moela de galinha.

E de repente ele já não viu as meninas nem podia se mexer, mas logo que pôde se movimentar sentiu uma dor intensa e percebeu que sangrava muito, então, desesperado, se jogou pela janela e caiu ao lado da casa, onde se viu rodeado pelas galinhas que agiam como cachorros.

As galinhas foram direto nos olhos, no pomo de adão e na sola dos pés dele e quando se afastaram o infeliz só conseguia se arrastar muito lentamente, foi quando sentiu mordidas ainda mais dolorosas que as bicadas das galinhas e, pior, por todo o corpo; é que Tiotõezinho não tinha avisado que as saúvas do jardim de Dona Fridolina rasgavam a pele como se a pele fosse folha de bananeira; depois seguiam comendo a carne e os nervos.

Só deixavam os ossos.

[IX]

Jiboião, assim que entrou, sentiu cheiro de comida.

Era cheiro de buchada.

Lambeu os beiços e apressou o passo pra cozinha, mas se deu conta de que estava em casa alheia e teve medo porque nunca tinha pisado moradia tão bonita, casa tão luxenta. Diminuiu a marcha e até se ajeitou pra ficar mais bonito, pra ficar mais condizente com o lugar.

O cheiro era tão intenso que ele salivava.

Foi chegando mais perto e, quando entrou na cozinha, parecia que estava em outro tempo, mas o cheiro de comida boa era ainda melhor e logo avistou uma mesa pequena e roída e uma velhinha, com o rosto mais enrugado que um maracujá-mochila seco, sentada em uma cadeira caindo aos pedaços.

A velhinha pegava feijão-verde em uma terrina, amassava fazendo capitão, mergulhava em um molho, que ele sabia que era de pimenta, e comia.

O jeito de amassar o feijão fez ele reconhecer a velha.

— Vó, é a senhora?

— Toinho, é tu mesmo? Repara como tá gordo.

— Sou eu mesmo, vó.

— Vem cá?

E a velhinha levantou e começou a apertar o homenzarrão pra ver se ele era mesmo de verdade.

Depois fechou a cara e exigiu:

— Senta.

E puxou com tanta força a cadeira que estava mais perto dela que o assento quase se desconjunta.

Ele sentou, mas estava com tamanha fome que não estranhou que a cadeira não se desfizesse, e perguntou:

— É buchada?

— É.

— Tá com fome?

— Muntcha.

Ela começou a servir.

Com raiva.

Pegou o prato do neto, deitou nele um bucho inteiro e mais pirão, muito pirão.

Ele tentou abrir a bola de miúdos com a mão mesmo, mas a velha, enfurecida, o repreendeu:

— Foi assim que eu te ensinei?

E bateu na mão dele.

Depois procurou os talheres batendo gavetas, e logo entregou uma faca e um garfo pra ele cortar o bucho e uma colher pra ajudá-lo a comer até se fartar.

Ele comeu tudo.

— Quer mais?

— Quero.

A velhinha encheu o prato com outro bucho e mais pirão, muito pirão.

Ele comeu tudo, depois arrotou e foi logo se desculpando. A velhinha disse:

— Toinho, vieram me dizê que tu entrou pro cangaço, é verdade?

— É verdade, minha vó.

— Isso eu até perdoava... Depois do que Coronel Marcolino fez com tua mãe, eu até relevava. Mas me disseram também que quando te perguntam por que que tu entrou pro cangaço tu diz que foi pra comer até encher a barriga. É verdade?

Ele titubeou um pouco, e ela raivou.

— Não minta pra sua vó.

— É verdade.

— Enquanto tu vivia debaixo de meu teto te faltou comida, condenado?

— Faltou não.

— E comida boa, porque Dona Gracinha deixava eu levar o que sobrava da mesa dela e quando tu ia lá tu comia de ficar azul.

— É mesmo, vó. Parece que eu tô vendo, era numa cozinha que nem essa, que ficava fora da casa de vivenda.

— Porque tu dizia que eu te deixei passar fome?

— Eu nunca falei isso, não.

— Falou.

— Eu disse que queria comer até encher a barriga.

— É a mesma coisa.
— É só pilhéria, vó.
— E eu gosto de pilhéria?
— Gosta não.
— Tá com fome?
— Tô sastisfeito.
— Tá não. Come.

E a velha encheu, outra vez, com muita comida, o prato do neto.
— Eu não quero não, vó. Já comi demais. Tô cheio.
— Vai comer, sim, sinhô.

Ele comeu obrigado, empurrando a comida.
Quando acabou, a velha encheu o prato dele de novo.
Ele quis levantar e fugir, mas cadê força?
E a velha, inflexível, ordenou:
— Come!
— Como mais não, vó.

Mas a mão direita dele foi segurando a colher e levando a comida pra boca, e os dentes foram mastigando e a boca foi engolindo e parece que é assim até hoje.

[X]

Rela-Bucho ouviu o fungado da concertina, a batida do zabumba, o pinicado do triângulo e foi se aproximando, mas, antes que descobrisse de onde a música chegava, ainda que pensasse que era, que só podia ser do torrado de Pedro Mãozinha, uma mulher muito branca, gorda, satisfeita e sorridente, do dente aberto, pegou a mão dele e disse:
— Bora.

Ele não se fez de rogado e respondeu:
— Oxe, bora.

E foi e logo se viu em um quartinho de rapariga. O tamborete pra botar as roupas, a bacia d'água em cima de outro tamborete, a penteadeira, a cama e, o que ele estranhou, uma estantezinha cheia de bonecos.

Enquanto tirava as cartucheiras e se desfazia da guaiaca foi logo dizendo:

— Como é que é teu nome?

— Galega.

— Galega. Eu gosto é mutcho de uma galega.

E a galega tirou o vestido e deitou na cama. Ficou nuinha.

— Ai, minha Nossa Senhora.

— Gostou, é?

Ele se jogou em cima dela ainda vestido e ela pulou de cima da cama, desviando o corpo. Ele perguntou:

— O que foi?

— Eu só gosto do jeito de Adão e Eva.

— É mesmo? Pra que isso? — falou desanimado.

— Um homem desse tamanho. Tá com vergonha, é?

— Eu tô é necessitado.

Sentou-se na cama, tirou as alpercatas; levantou-se e foi se desfazendo das peças de roupa.

Olhou maravilhado pra rapariga e falou:

— Tu é muito quilara.

— Meu apelido é Copo-de-Leite.

E riu um riso bom que dava vontade de viver, depois passou por ele para deitar-se na cama outra vez.

Rela-Bucho ainda estava com as calças enganchadas nas pernas.

Mesmo assim, aproveitou pra amolengar a bunda da galega.

Era uma bunda grande e branca como coalhada.

— É hoje que eu me esparramo — disse.

Ela se desvencilhou dele e deitou na cama, ficou de lado e falou:

— Encosta essa porta e vem.

Ele, que tinha se livrado das calças e da ceroula, caminhou até a porta, fechou com um ferrolho enferrujado e voltou; o pau, de tão duro, nem se mexia.

Galega se animou e disse:

— Vem logo, que eu tô carecendo levar umas chineladas.

E deu uma batidinha no casco de veado.

Depois deu um muxoxo, fez um gatimanho qualquer, que ele não resistiu e virou rapaz.

Por isso estacou o passo, fechou os olhos e pensou na morte, que é uma velha desdentada. Tudo pra não virar menino de novo.

Respirou fundo, abriu os olhos e respondeu atrasado:

— Ah, é. Eu vou te dá um chá de pica.

— Vem pra cá, avexado.

— Só se for agora.

E logo se jogou em cima dela, e os dois se abufelaram em uma safadeza de fazer gosto.

Até que, depois de muita bolinação, ela pediu:

— Mete.

E ele meteu com gosto, e foi assim pelo tempo que o relógio não marca, até que gozou satisfeito, mas foi gozar e sentir ela se agarrar a ele a modos de garanhona e dizer:

— Não sai não, não sai que eu não deixo.

E foi como que espremendo o calabrote dele, sugando, até que ele foi diminuindo de tamanho, como um pé de milho que seca.

Ficou da altura de um calunga de barro, de um bonequinho de palha.

Ela o catou de entre as pernas.

O beijou e disse:

— Esse foi bom, tava cuspindo bala, mas sabia das coisas.
E foi colocar o bonequinho na estante.

[XI]

Mariano assim que entrou na casa espantou-se, pois era como se estivesse em outro lugar: o de fora não se conjuminava com o de dentro; era tudo muito simplesinho, e o coração dele mudou a pancada quando começou a reconhecer os móveis, as estampas das paredes, até que viu uma menininha brincando de boneca.

Os olhos dele minaram água e ele pensou:

— É ainda tão pequenininha, parece que não cresceu.

A menina, que estava sentada no chão e era olhada pelas costas, sentiu que tinha mais alguém em casa, virou-se, viu o homem em pé e fingiu que não viu, em seguida pôs-se de pé, virou-se para o homem, ainda com a bonequinha na mão, e disse, encarando-o:

— O sinhô é um pai?

Ele sorriu. Ela corrigiu-se:

— O senhor é meu pai?

— Sou.

— Faz tanto tempo que eu não vejo o sinhô. Trouxe alfenim?

— Trouxe não.

— Tem nada não.

E a menina correu e agarrou-se nas pernas do pai, que logo se desvencilhou dela e a ergueu para tê-la na altura dos olhos.

Ela foi pegando na cartucheira atravessada no peito dele e perguntou:

— O que é isso?

— Nada não. Cadê sua mãe?

— Mãe morreu.
— Tu mora aqui com quem agora?
— Com vô.
— Cadê ele?
— Tá no roçado.
— Quando é que ele volta?
— Não volta mais não. Não volta que eu não deixo. Não volta. Não volta.
— Como não volta?
— Vô diz que o sinhô é a maior desgraça da vida dele. Que não vingou Dorinha, que abandonou a mulher doente e a filha pequena. Que é um cachorro. Que não entra mais nessa casa.

Mariano fez força pra não chorar e, com voz embargada, falou:
— Ele diz isso, é?
— Diz todo dia, mas eu não gosto. Pai, o sinhô vai embora?
— Vou mais não, minha filha.

E abraçou-se à menina como se não pudesse fazer outra coisa até que o mundo acabe.

[XII]

Remelexo entrou na casa pisando firme pra espantar o medo e não achou grandes coisas, até que viu uma moça sorridente, bordando.

A moça disse:
— Até que enfim, abestalhado.

Ele firmou as vistas até reconhecer. Abriu um sorriso.
— Rosa, Rosinha?
— Não, eu sou o Padre Ibiapino por acaso?
— Rosa, o que é que tu tá fazendo aqui, criatura?
— Aqui. Aqui é nossa casa, não tá vendo?

E Remelexo deu-se conta de que estava em Chã do Alicate.
— É mesmo.
— Tu é abestalhado.
— Como é que pode isso?
— Como é que pode? Esse menino se cria?
— Que menino, Rosa, eu sou é homem. Inté entrei pro cangaço. Tu não ouviu falar de mim, não?
— Nunca vi cangaceiro chamado Aristides.
— Aristides não tem mesmo, não. Meu nome no cangaço é Remelexo.

Rosa riu de chorar.

Depois disse:
— Quem vai respeitar um cangaceiro chamado Remelexo?
— Com um fuzi, até se eu chamasse Espirro de Cu, me respeitavam.
— Onde foi que tu arranjasse essa roupa? Essa arma?
— Eu entrei pro cangaço.
— Mole como tu é. Frouxo.
— Rosinha, eu sou teu irmão, mas me respeite.
— Tu é um abestalhado. Se mãe te pega vestido assim, ou pai. Pai já, já chega.
— Rosinha, o que tu tá vendo na tua frente?
— Um abestalhado.
— Quantos anos eu tenho?
— Doze.
— Doze?
— Catorze. Quinze no máximo.
— Rosinha, deixa de brincadeira. Isso aqui é a serra da Catruzama ou eu perdi o juízo?
— Isso aqui é Flores, do Pajeú.
— Eu vou embora.
— Mas tu mal chegou.
— Eu não sou daqui.

— E de onde tu é?
— Do inferno.
— Diga isso não que mãe não gosta. Vamo jogar sueca?
— Eu não posso.
— Vamo, abestalhado.
— Posso não.

E Remelexo deu as costas e saiu da casa: tonto, zoina, zonzo. Tão atordoado que não viu o enxame se aproximando, só sentiu as picadas, tantas que caiu no chão.

No chão, as galinhas logo o atacaram.

Bicaram no pescoço, até que o sangue escorreu.

Dava pra fazer uma palangana de cabidela.

[XIII]

Flaviano não teve tempo de reparar nos móveis ou nas paredes, pois assim que entrou deu de cara com a noiva, cujo nome era Mocinha.

Mocinha continuava do mesmo jeito, magra, metida em um vestido branco e com o olhar aflito.

Ela o viu e deu um muxoxo.

Virou as costas pra ele.

Ele tirou o chapéu e disse:

— Que é isso, Mocinha, não me dá um abraço?
— Porque tu me abandonou? Bem dizer, ao pé do altar.
— Não exagere, eu disse que matava Batistão e voltava pra mode a gente casar.
— Batistão morreu faz mais de ano e tu não voltou.
— Eu tenho as alianças.
— Mentira.
— Tão aqui.

Ela virou-se e ele tirou as alianças da guaiaca.

Ela correu sôfrega pra ele e tirou os anéis das mãos do noivo, desajeitada como uma criança curiosa.

— Tu comprou mesmo. São lindas.
— Tá vendo como eu pensei em ti?
— Agora não adianta. Eu tô velha.
— Velha? Tu tá ainda mais bonita.
— Tu devia ter voltado. Foi tu que matou Batistão?
— Foi, mas aí eu tinha que seguir Mocinho Godê. Ele que me levou até aquele pacote de bosta.
— E as outras?
— Que outras, Mocinha? Escuta, vem cá, vamo casar agora.

Ela perdeu a calma e gritou:

— Eu queria ter filhos. Agora não posso mais.
— Pode sim, por que não? Tu é moça ainda. Vamo casar.
— Aqui?
— Aqui. Dê cá as alianças.

Ela deu.

— Vamo fazer como a gente fazia. Diga. Diga, vá.
— Eu, Mocinha, prometo ser-te fiel, amar-te e respeitar-te, na alegria e na tristeza, na saúde e na doença, todos os dias da minha vida.

Agora é tua vez.

— Eu, Flaviano, prometo ser-te fiel, amar-te e respeitar-te, na alegria e na tristeza, na saúde e na doença, todos os dias da minha vida.

— Agora a gente tá casado?
— Tá.
— Essa é nossa cama?

E de repente Flaviano se viu em uma alcova e disse:

— É. Agora a gente pode....

E a beijou e em pouco tempo ele, embora ela lutasse, se fartou com a visão do corpo da magricela, que tinha uns peitinhos pequenos, de pitomba, os bicos durinhos, que ele babujou; depois abriu as pernas da noiva com violência e logo estava dentro dela e sentiu quando o corpo de Mocinha estremeceu e quando ela gemeu como uma criancinha que tá aprendendo a falar e faz besourinho.

Ele achou aquilo tão bom e gozou também, mas, quando se afastou dela, não viu que a barriga da mulher inchou como um balão.

Só se deu conta de que alguma coisa estava errada quando a ouviu gritar.

Assustou-se.

Ela gemia, mas desta vez para dar à luz.

No entanto ele não sabia da missa a metade, porque a aflição não durou muito tempo; ela deu logo um suspiro e a cama encharcou-se, e de dentro dela, de dentro de Mocinha saíram uns ratos com cara de gente que foram pra cima dele e o roeram como se ele fosse queijo de coalho seco.

[XIV]

Ameaço, que chamava Zé de Guida, compreendeu tudo antes que entrasse na casa, onde encontrou a mãe, que estava muito velhinha, sentada em uma cadeira de balanço.

A mãe não enxergava direito, mas adivinhou o filho:

— Zé, Zezinho, é tu?

— Sou eu mesmo, mãe.

— Venha cá, me dê um cheiro.

Ele se aproximou e ajoelhou-se.

— O que foi? O que foi? — disse Guida, aflita, procurando a cabeça do filho.

— Eu fiz muita coisa errada, mãe.

— Meu filho, Deus perdoa.

— Perdoa não, mãe.

— Perdoa sim. Chegue cá. Sente no meu colo.

E Zé de Guida sentou no colo da mãe, que o abraçou e o embalou como se ele fosse um bruguelim e não sustentasse nem a cabeça em cima do pescoço.
— Eu fiz muita coisa errada, mãe.
— Se aquiete que eu vou cantar pra tu.
E começou a cantar a música com que embalava o filho único:

— Capelinha de melão é de São João
"É de cravo é de rosa é de manjericão

"São João está dormindo, não acorda não
"Acordai, acordai, acordai João."

E Zé de Guida soluçava e sentia a música no corpo da mãe, que era toda carinho.

[XV]

Tiotõezinho não gostava de entrar nos domínios de Sinhá Fridolina, pois era como embrenhar-se em outro mundo, por isso corria até atrás da casa, subia em uma mangueira e matava o tempo jogando manga verde nas galinhas.
Foi isso que ele fez naquele dia.
Quando se aborreceu, andou o caminho de volta pra ver se alguém tinha sobrevivido, mas encontrou somente o capitão sentado na terra, curvado sobre si mesmo e coberto por borboletas amarelas; entonces resmungou:
— É, parece que não sobrou ninguém. Acho é pouco.

Esta obra foi composta em Utopia Std 11,2 pt e
impressa em papel Polen soft 80 g/m² pela gráfica Meta.